JN307428

ふた

よしもと ばなな

海のふたがあいたまま

海のふた

歌詞　原マスミ

夏のおわりの海水浴　だれが　さいごに海から上がったの
さいごの人が海のふた　しめずに　そのまま帰っちゃったから
ずっと　あれから　海のふた　あいたままだよ
サクラ、ダリア、ケイトウ
ヒマワリ、ヒナギク、ヒナゲシ
くり返し　くり返し
なぜまた咲くのか
君のいない　この世界に

月との関係

地球はひざまで　海につかってる　海のふくらみ
海のふたがあいたままだから
月はふやけて　あれはうその満月だよ
月の輪の虹色の　外側のむらさき
見ちゃいけないよ　毒だから
ザクロ、アケビ、イチヂク
コケモモ、ノイチゴ、ヤマブドウ
くり返し　くり返し
なぜまた実るのか
君のいない　この世界に

女たちが泣いてる　男たちも泣いている　ほら
ズボンの中まで　悲しみで　いっぱいにして

海のふたが　あいたままだから
夜はただ広がって　重なってゆかない
もう　何日も　ずっときのうの中にいることを
町のだれひとり　気づいていない
オリオン、カノープス、ペルセウス
カシオピア、ホクトシチセイ
くり返し　くり返し
なぜまた　現われた
君のいない　この世界に

時の流れの中で　僕は
また何人もの　人と出逢うだろう
コンニチワ　イイ天気デスネ　ヤナ雨デスネ　ゴキゲンヨオ
君のいない　この世界で……

オハヨーコンバンワスミマセンイマ何時デスカ?ソノゴミナサンオカワリアリマセンデショウカ?ゴメンクダサイアイシテマスジャアマタ今度イヤアチカゴロメッキリ日ガミジカクナッテキマシタネ今日ハマタヤケニ蒸シマスネナイテモワラッテモ今年モイヨイヨ夏ハヤッパリ海ダネエサヨナラモウ会ワナイヨモシモシモシモシ先日ハドウモ大変シツレイイタシマシタ先日ハドウモ大変シツレイヲイタシマシタ先日ハドウモタイヘンシツレイヲイタシマシタ先日ハハイタダイマ留守ニシテオリマスソレニシテモヨクフリマスネエ

……

夏のおわりの海水浴　だれが　さいごに海から上がったの
さいごのひとが　海のふた
しめずにそのまま　帰っちゃったから
ずっとあれから　海のふた　あいたままだよ

この場所

　キジムナーとかケンムンとかなまはげとか、遠い外国のホピ族のマサウも……人のいるところに近いところにいる神様たちは、みんな恐ろしい外見をしているみたいだ。

　ぎらぎらした目だとか、牙だとか、赤い色の体だとか、武器を持っているとか。

　それは、きっと身を守るためでもあるけれど、なによりも、人の心を試すためなのだろう。その見た目をのりこえてきたものだけが、その繊細な魂の力に触れることができるから。

　子供はその姿をはじめ素直にこわがり、そしてその分だけ素直にその形を受け入れることができる。

　はじめちゃんにもどこかしらそういうふうな、魔術的で神聖なところがあった。

私はもう子供ではなかったのに、どうしてはじめちゃんの世界にあんなにすうっと入っていけたのだろうか。

人と人が出会うとき、ほんとうは顔なんか見ていないのだと思う。その人の芯のところを見ているのだ。雰囲気や、声や、匂いや……そういう全部を集めたものを感じとっているのだと思う。はじめちゃんの芯のところは、全くぶれていなかった。たいていの人が何かしらあいまいなところを印象の中に持っているのに、はじめちゃんはただただすっとまっすぐで、少しかげりがあって、とても強い感じがした。

はじめて会ったときびっくりしなかったと言ったら嘘になる。

小さい頃におったというやけどのせいで、はじめちゃんの体や顔の右半分はまだらに真っ黒になっていた。

いくら話に聞いていても、実際に見るというとインパクトが違う。船の窓の向こうに見えたその顔の皮膚の色を見たとき私は一瞬心が凍りついたようになり、はじめちゃんが船のタラップを降りてきて目の前に来るまでに、ささっとその気持ちを処理した。

はじめちゃんは白いほうの肌の目のほうが大きく見えた。そして風で帽子が飛ばないように押さえながら「よろしくね」とかわいい声で言ったのだ。

目が三日月の形に細められ、色が薄くて短い髪が陽に透けていた。

私は自分が処理した感情のことさえすぐに忘れた。

ああなるほど、この人はもうこのままの人なんだ、たまたまこういう形なんだ、蟻が蟻なように、魚が魚であるように。

その瞬間、私は妙にあっさりと、そう思えたのだ。

ひとたびその見た目に慣れてしまえば、はじめちゃんの持っている雰囲気は、まるでハイビスカスの花に浮かんでいる透明な水滴みたいにきれいなものだった。

たとえば……隣に座っていていっしょに海を見ているとき、私はすぐ横になにか透明でゼリーのようにふるえていて、とても強い光があるのを感じていた。そしてふと姿を見ると、彼女にはじめて会った人がいかにも思いそうなことが思い浮かぶ。かわいそうにだとか、たいへんねだとか。でも私は、見てないときに感じていたもののほうが、私のほんとうの気持ちだという気がした。

そしてそのうち、はじめちゃんを見て人がぎょっとするたびに、反射的に「なんで?」と思うようになってきた。もうほとんどやけどのことなんか忘れてしまった。結局全ては慣れることができるものだな、とあらためて私は思った。そのことは、私にとってはそれでおしまい。はじめちゃんははじめちゃん、ただそれだけ。

それは私たちの出会いの夏、一度しかなくもう二度と戻ることはない夏。

いつでも横にははじめちゃんが静かに重く悲しく、そして透けるようにしていっしょにいたっけ。

その夏、私は東京の美術の短大を卒業して、ふるさとの町に帰ってきたばかりだった。

そして、私の始めたかき氷屋はまあまあ繁盛していた。

ほんとうは卒業したら南のほうへ移住しようと思っていた。その下見のつもりで去年の夏、私はその島に旅をした。

私の住んでいた西伊豆と違って南の島の景色は雄大だった。ひとりでレンタカーを借りて気ままにその島を回っていたら、その暑さや見たこともないような景色に私はすっかり魅せられてしまい、ああ、ここに住みついて何かしたいな、とすぐに夢見はじめた。

夢見ているときは、恋をしているかのように何もかもが楽しくて勢いに満ちて見える。私はずっとそんな気持ちで毎日ときめきながら、その島に滞在した。

山の緑はいつでも濃くこんもりとしていて、夕方の強い光は迫力があり、一日の何もかもを洗い流すようで恐ろしくきれいだった。霧のような美しいかすみが水面にかかり、いつでも海はぬるく肌に柔らかだった。

そこいら中に生えているソテツにも圧倒された。そのシルエットは空に浮いていると切り絵のように見えた。ぐりぐりした燃えるようなオレンジ色の実が天につきあげるようになっていて、葉はとんがってしゅうっとのび、どんな木の緑よりも野性的で濃い色をしていた。今にもその木の陰から恐竜が出てきそうだった。

「私がこれまで見てきたソテツなんか、みんな赤ちゃんだったんだ！」

私はそう思って愕然とした。

それから海岸沿いにたくさん生えているガジュマルの神聖な姿。ただ生えているだけなのに、まるで巨大な彫刻のように美しく見えた。複雑にからまり合った枝の下で憩《いこ》えばまるで充電されるように、抱かれているように落ち着いた。並んでいるとまるでいろいろな精霊が語り合っているような雰囲気があった。

移住の決心は日々そうしてかたまっていった。

しかしある午後、ちょっと遠くの海岸までかき氷を食べに行ったことで全てがひっくりかえった。

私はもともと異常なくらいかき氷が好きで、ガイドブックにその店でおいしいかき氷が食べられると書いてあったから、遠くても出かけて行ったのだ。そしてそれは、ある意味でなんていうことがないできごとだったのにもかかわらず、私の人生にとって決定的なできごとになった。

国道からちょっと入ると、そこは突然昔ながらのつくりの家がたくさんある集落になっていた。道がまだあんまり舗装されていなくて、たくさんの子供たちが手をつないで土ぼこりを立てて走り回っていた。

雨上がりの晴れた午後に、そんなふうに空気がしっとりとしてきらきら光っているのを見るのは久しぶりだった。道が土でできていないと、そういうふうにはならないのだ。どの水たまりも光をたたえていて、子供たちはそれをばしゃばしゃふんで家路についていた。

そこの一角にきれいな色の木でできた小さなかき氷屋さんがほんとうにあった。二百円でたんかんとパッションフルーツのほんとうの果汁がかかった、甘くてすっぱいかき氷を食べることができた。私はこらえきれず両方頼んで、お

花火

なかがぶがぶになるまでそのシンプルなおいしさをたんのうした。

私がテーブルに座って海を眺めながらかき氷を食べている間に、小学生くらいの女の子たちが小銭を握りしめてやってきて、ベンチにちょこんと寄り添って座ってかき氷を食べていった。真っ黒いはだしの足をぶらぶらさせて、きっとお姉さんかいとこのおさがりの、ちょっとサイズの大きな服を着て、おしゃべりしながら。そのさいごの一口までずっと夢見ているような彼女たちの気持ちが伝わってくるようだった。

そしてその店の裏には、福木《ふくぎ》の並木道があった。

かき氷屋のおばさんは笑顔で、

「ここを一周するだけで、気持ちが幸せになるんだよ。なにかに清められたように。だから、かき氷を食べたら、帰りを急がないでここを一周してごらんよ。」

と言った。

おいしいかき氷ですっかり体が冷えて汗も引いた私は、言われるままに彼女の後をついて、福木の道を通った。なにか優しい色に体をなでられているような狭い道だった。その密集した生え方で、家を火事からも守ってくれるというたくましい木の中を、そのむっちりとした葉の色の下をくぐりながら、時間のトンネルを超えるように私たちはゆっくり歩いた。

やがて福木の道は一周して終わり、静かに海が開けた。おだやかで小さい砂浜にまだ海水浴客がちらほらといた。パラソルやうきわの色が鮮やかに見えた。

昔のままののどかな海水浴の風景だった。

「この景色が好きで、ついついここに帰ってきちゃった。」

とおばさんは笑った。その真っ黒に焼けた肌と大らかな接客の芯のところに、ふるさとをどうしようもなく愛している心があった。

私はそれにがつんと打たれたような気がした。

そうか、そうなんだ。

私にはソテツも福木もさとうきびもガジュマルもみんな、とっても珍しくて新鮮なものだ。いつまでだって見ていたいし、恋したみたいに夢中だ。

　でも私にとって、この人がこの海と福木があるこの場所に戻ってきてしまったように、とてもうっとうしいけれど心がいつも帰っていくところは、あの、西伊豆の夕陽に映える景色や植物以外にはないのだ、そう思った。

　とにかく一回、帰ってみよう、そうだ、こんなにかき氷が好きだということは、これが天職だということかもしれない。小さい頃からかき氷が異常に好きで、親に内緒で一日三杯は食べていた。大学時代はかき氷の機械を買って、自分の部屋で氷をしゃりしゃりけずって冬でも食べていたくらいだ。

　だから、南の島で食べたかき氷が私の人生を決定づけたのも運命と言えよう。

「美大で舞台美術を勉強したけれど、最終的にはさほど興味を持てなかった。私が人にほんとうに誇れるのは、いくら食べてもかき氷を嫌いにならなかったことくらいだ。だから、私もかき氷屋をやろう。」

　その考えは私にとりついたようになり、絶対できるという気がしてならなくなった。

帰ってみたら、私のふるさとの町は思ったよりもずっと、さびれていた。たまに帰省するのと住みはじめるのとではわけが違う。

「もうこの町の人はこの町に興味をなくしてしまっている」

そういう気がした。

もうずいぶんと前からじょじょにさびれていっていたのに、しょっちゅう帰省していた私は気づかなかったのだろう。

あるとき、峠を越えて隣の市にドライブに行ったとき、私ははっと気づいたのだ。

そこはタカアシガニという名物ガニがよく採れるところで、ＴＶにとりあげられたりするので観光客がわんさと訪れ、漁師さんが持っているたくさんのカニ料理屋は大繁盛し、民宿もにぎわい、港は船でいっぱい、道は人が普通にいっぱいいる……そういうところだった。

カニを食べて道に出たとき、そのにぎわった感じを体で知っていた私を、郷愁がノックアウトした。

そうだ、私のふるさとの町も、前はまさにこういう感じだった。なにもかもが豊かな感じがして、人通りが絶えず、みな楽しそうに働いていた。なのに夕カアシガニだけの差で、すっかりさびれてしまったではないかと。

気づくと私の町では、道の両脇には閉まっているお店がずらっと並び、午後でもシャッターが下りているところがうんと多くなっていた。それが光に真っ白く暑く照らされている様子は本物の廃墟のようで、たまに開いているお店がかえってうんとさびれて悲しく見えた。

にぎわっているのはチェーン店の大きなスーパーや、コンビニエンスストアや、ドラッグストアだけだった。

若い人はどんどん東京や近隣の都会へ出て行ったらしい。私はもともと友達が少なかったけれど、もはや知っている年の近い人なんか、ほとんどいないと言ってもいいくらいだった。お年寄りの数がぐんと増えたし、お年寄りだけで住んでいる家もたくさんあった。ついでに老人ホームまでできていて、わざわざ県外のお年寄りまで集めてきている。

そして山の中腹には高級ホテルがどんどんできて、薄い湯でも部屋つきの露天風呂をつけてかなり稼いでいた。そこに来るお金持ちたちは、町になど一歩も出ずにずっと部屋にいるので、あれだったらどこに旅行してもいっしょではないか、と思った。窓から海が見えるところなら、どこでもいいんじゃないか。

降りてきて浴衣と下駄で散歩してよ、道で買い食いをしてよ、漁師さんの干している網を見てよ、漁協で売っている珍しい深海魚を見てよ……などと思ってみても、特に珍しいものもないこの町だから、お金持ちはみんなたった一泊をずっと部屋で休んで、ごはんを食べてそのまま帰っていってしまうのだ。昔みたいに町を見物してゆっくりしていくにはみんな忙しすぎるし、疲れすぎているのだろう。

昔は……この町には大衆食堂もストリップ小屋も射的場もあった。近隣でも珍しい大きな観光地で、昼も夜もなにかしら心おどる雰囲気があった。

私はよく両親に連れられて、小さな手で銃にコルクの玉をぎゅっとつめて射的をしたものだ。妙なつくりであんまりかわいくない割れものの人形を打ち落としては、大切に持ち帰った。安っぽいし好きでもない人形でも、自分で取ったと思うと、妙にかわいくて捨てられなかったりした。

花火大会は毎夏盛大にもよおされ、町中の人が観光客といっしょに、浜辺にくりだした。その大きな音は夜の海に高く低く響き渡った。海面に水平にしかけられた花火は、海に映ってふたつに開いて見えた。ゆらゆらと本物の色彩をたたえて、夜の海がなめらかに輝いたものだ。

湾を一周する観光船もあった。乗るときに飲み物を一本クーラーボックスから取って、船の中の好きな場所に座る。スピーカーから流れてくる説明を聞き流しながら、エンジン音の中、夜の海をすべっていくのを、風がほほをなぶるのを楽しんだ。

夜には甘味とすいかを食べられる店が遅くまでにぎわい、大人たちはビールを飲み、子供はかき氷やあんみつを食べて、遅くまで浮かれた。

浜のはずれのホテルには誰でも入れるプールがあったし、やしの木は空高くそびえたっていた。ハワイアンが流れ、プールサイドでは枝豆とビールがじゃんじゃん売れていた。

そして、そうしたものは、みんなどこかへ行ってしまった。

そのホテルがなくなって廃墟になっていくのを、私は帰省のたびに見て、胸がぎゅっとつぶれそうになったものだ。

そこには思い出があった。私はそのプールではじめて泳げるようになって、やしの木を見上げて、いつでも仰向けに浮いていた。家族みんなでお昼を食べに行って、プールで泳いで、涼しい体で夕空の下、帰った。

その思い出さえも、何かにふみにじられたような感じがした。

その何かは、きっと、お金だ。

愛のない使われ方をしたお金のせいで、この町はこんなふうになってしまった……そういう気がした。

外側から急に押し寄せてきたお金の流れは、町の人たちがちょこっと考えたいろんなかわいい工夫や、小さく大切にしてきたことをどっと流してしまった。

あとにはみじめな感じだけが残ったみたいだ。

でも別にそのことに対して、反対運動をしようとか、県知事にうったえかけたいとか、そういうふうには思わなかった。ただ、どうして世代がちゃんと交代しなかったんだろう？と思った。自分の好きな町に自分で労力を注いでいくことを、誰かがどこからか、ぴったりやめてあきらめてしまったみたいだ。

帰ってきてみたものの、私が知っていて大切にしていたものはみんななくなっていた。なんとなくひとりぼっちな感じがして、浦島太郎みたいに私は愕然としてしまった。

ノスタルジックな気持ちが、まるで失恋した人みたいにぐぐっと何回もこみあげてきた。

ただ変化の大きさに嘆いているだけでは仕方ない、行動あるのみだと私は思った。

そして私は念願どおり、浜辺から町へ続く長い道の途中、松林の陰に小さなかき氷屋を開いた。

そこは浜辺沿いにずっと続く松がたくさん植わった公園で、夏場は木陰で家族連れがみんなシートを広げ、目の前の海へ泳ぎに行くところだった。松ぼっくりがたくさん落ちていて、強烈な陽射しが少し柔らかく感じられる静かな界隈だった。

私は、そのあたりで店をかつてやっていて、今はもうたたんでしまっている家の人たちみんなに交渉して、安く貸してくれるところを探した。

昔、駄菓子屋をやっていたおばあちゃんが「使っていいよ」と、離れの倉庫になっていたところを月一万円で貸してくれることになった。かわりにおばあちゃんの作っている五円玉でつくった人形や絵をそこで売ってくれ、と頼まれたけれど、角がたたないように断わるのは大変だった。いちおう検討しようと思って見せてもらったら、きらきらと光る帆掛け舟だとか、だるまだとかを次々見せられた。地元だと、案外そういうことこそがむつかしい。結局、その家のお嫁さんの「若い人が自分の感じでやりたいんだからね」という必死の説得で、その問題は何とかなったが、縁起物だし記念にと、だるまをひとつ持たされた。それは今、私の部屋のオーディオの上で燦然《さんぜん》と輝いている。

「これって、ばらせば換金できるんだろうか……」という言葉がたまに頭をよぎるが、せっかくだから大切に持っていようと決めた。

私の店はほんの二坪ほどしかなくて、私はうちのお父さんが捨てるというのでゆずってもらった妙に立派な革の椅子にいつでも座っている。かき氷の機械はなんと手動で、昔この町で甘味屋さんをやっていたおじさんからゆずってもらって修理した。年季もので見た目もとてもしぶい。四角い氷は古くからある氷屋さんに配達してもらう。その氷を入れるための冷凍庫だけがとても高かった。エスプレッソマシンは、大学時代の友達たちがカンパし合って買ってくれた。あとは持っているものとあるものともらったものでできとうに工夫して、自分で大工仕事をして作った。色も自分で塗って、メニューも自分でデザインした。なかなかいい店ができたと思う。

私は昔からかき氷の上にかかっているどぎついシロップに疑問を持っていた。

長い道の途中

魚の里

一日何杯も食べるには、あの甘さは行きすぎているのだ。それにあの島のかき氷の店にかなり影響を受けていたので、いろいろ考えて試行錯誤しちょうどいい濃さのきび砂糖のシロップを作った。

メニューは、氷の上にそのシロップをかけただけの「氷すい」と、特産品であるみかんの濃縮ジュースを加えた「氷みかん」と、この店をやるきっかけとなったあの店への尊敬の気持ちを表すために南の島から取り寄せたジュースを使っている「氷パッションフルーツ」と、抹茶とあずきの「氷宇治金時」のみだ。いちおう缶ビールは置いているが、飲み物はむぎ茶とエスプレッソのみ。

もちろんかき氷だから営業は夏のみ……のつもりだったけれど、秋からはエスプレッソバーをやるのもいいな、と思っていた。イタリアのバールみたいに立ち飲みでちょっと休めれば、案外地元の人が愛用してくれるかもしれない。夢は広がった。

店先にはホームセンターで安く売っているキャンプ用の机と椅子のセットにパラソルがついたものをふたつ置き、自分で板を買ってきて作ったベンチも置いた。あとはおりたたみの椅子がいくつか待機している。

多少忙しくなろうと単価が安いので全然もうからず、どうしたものかとは思ったけれど、なにぶん自宅にいるので食べるには困らない。

とにかくここから、何か始めないと、と私は思っていた。もう一回、ふるさとを好きにならないと。

地回りのやくざの問題とかいろいろ重い要素はあったのだろうが、そのへんは我ながらちゃんとずるがしこく、いろいろな人にちゃんといろいろこねがあるのでいちおう話はつけてもらい、子供のやることだからと見逃され、何事もなく店は続いていた。

それにこんなほったて小屋をとやかく思う人はいないだろう。別に行列ができるわけでも、すごい売り上げがあるわけでもなかった。

夢をかなえるだのなんだのと言っても、毎日はとても地味なものだ。

準備、掃除、肉体労働、疲れとの戦い。先のことを考えることとの戦い。小さないやなことをなるべく受け流して、よかったことを考え、予想のつかない忙しさを予想しようとしないようにして、トラブルにはその場で現実的に対処する……。有線でいいチャンネルがなければ、自分でCDを編集して流しておく。面倒でも洗い物はていねいにやっておく。麻のふきんは白く清潔に保つ。氷は少し多めにいつも注文し、決して他のものの匂いがつかないように管理する。「普通の氷はないのかね？　氷イチゴとか」と百回くらい聞かれて「すみません、そういうのはうちにはないんです」と百回くらい笑顔をつくる。そういう細かいことにひたすら追われるだけだ。それがつまり、夢をかなえると世間で言われていることの全貌だった。

私はいちばん暑い時間は避けてお昼と夕方を中心に開店していたけれど、それでもほとんどクーラーなんかきかない暗く小さな場所につめこまれてずっと氷をけずり続けるというのは、とても地味な作業だった。しかしその地味さの向こうにあるものを、私は見つめ続けた。

氷をけずり疲れて痛い右手をぶらさげるようにして、私はだいたい夕方暗くなる前には帰路についた。家に帰るには川沿いの道を北側の山のほうへずっと歩いていく。川べりには考えられないくらい大きな柳があった。

大きな枝をふさふさと広げて、柳は夕空におおらかに揺れていた。私が子供の頃からある柳だった。まるで波のように、その細かい流線型の葉は風に揺れて流れていた。いつでも私は柳にあいさつをする。柳の横には寄り添うように小さなびわの木がある。その濃い緑の葉は柳の淡い葉の色ととてもいいコントラストだ。

いつでも黒っぽい色の鯉がたくさんいて、流れがよどむあたりには、まるで隙間がないような感じでぎっしりとうろこを触れ合わせて泳いでいる。

一時期開発がすごかった頃、生活用水が川から海に流れ込んで汚染されていたこともあった。さすがにすぐに改善されたけれど、水の表面が虹色の泡でぶくぶくしていてびっくりしたものだった。そんな中でも鯉たちは生きていたようだ。なぜかアヒルの群れが住みついたこともあった。みんないなくなってしまったけれど、白いおしりがいつでも草むらで揺れていた。いろいろな時期があって、川は変わらずにそこに存在している。

ここを通るたびに、そして橋のたもとから見る海に夕陽の光が映っているのを見るたびに、柳がやさしくわさわさとふるえるのを見上げるたびに、私はなんだか時間が惜しいような気がする。ふと幸福で胸がつまりそうになる。それは、ほんとうに自分の場所を持っているという幸福だった。あ、そうだ。私はほんとうに自分でお店をやっているんだ……そう思うと、うっとりとした夢のような感じがした。そして、さあ明日も店に出よう、と思うのだ。

大変なことに比べたら時間はとっても短くてほんのちょっとだけの部分でも、そこには確かに「夢をかなえる」ことの神秘的なきらめきが存在した。

はじめちゃんは、母の親友の娘だった。

「良子《よしこ》さんの娘さんを、ひと夏あずかることにしたからね。」

とある夜、母が突然言い出したので、私はびっくりした。

はじめちゃんのうちのおばあさんは資産家で、夏前に亡くなったことで恐ろしい勢いで様々な親戚の争いが起こり、そのさまを繊細なはじめちゃんに見せ

いいときに花開く

たくないとはじめちゃんの無欲な両親は思ったのだった。はじめちゃんのおばあさんは亡くなったときはじめちゃんの家族と住んでいたのだが、亡くなったとたんに様々な人たちが権利を主張しはじめたそうだ。

そしてあまりにもおばあちゃんの死がショックで、はじめちゃんはすっかり弱ってしまったという。こんな様子なら、少し自然のきれいなところにでも行って静養したほうがいいとはじめちゃんのお母さんは思い、うちの母に相談したのだった。

「だって、私店がかき入れどきで、忙しいよ？」

「じゃあ、仲良くなって手伝ってもらえばいいじゃない。」

母は平然とそう言った。

「そうでなくても、あいている時間は、いろいろと案内してあげなさいね。」

そして、私はいやというほど、彼女の外見を気にしないようにと言いふくめられた。

言われれば言われるほど面倒くさくなって、この忙しいときに、よく知らないややこしい人の面倒を見てひと夏過ごすなんて冗談じゃない、と内心私は思っていた。母はそういう私の、一直線でいっぺんにひとつのことしかできない不器用な性格をよく知っていた。そして、こう言った。

「確かに、あなたはひとりでお店をやっていて大変だと思う。まだ開店したばかりで余裕もないでしょう。でもはじめちゃんが来る夏は今だけなのよ。時間を割《さ》いてあげること、それだけがほんとうのおもてなしでしょう。」

　もっともすぎるくらいもっともなことだったが、母が言うと、妙に「そうなんだな」と思えた。

「まりちゃん、この町のいいところをたくさん案内してあげなさい。心細いことのない夏にしてあげなさい。そのためのおこづかいならあげます。この町の役にたつってそういうことでもあると思うわよ。むだなことのように思えても、ひとりの人にこの町のよさを刻めたら、それはあとで何倍にもなってあなた自身に意外な形で戻ってきます。そして、ひととおり案内してみて、もしもあなたとはじめちゃんが気が合わないということがわかったら、それから、お店に打ち込めばいいじゃない？　その頃にはきっとはじめちゃんもひとりでしたいことや友達を見つけることができているでしょう。」

母のそういう純粋なところにはいつでもはっとさせられた。

「この忙しい現代社会生活において、よく知りもしない人のために、自分の時間を全部あけておくなんて、恐ろしいことだ」という私の気持ちが間違っていて狭量でちっぽけなものだという気が、聞いているうちにどんどんしてきたのだ。

そして、母には昔から、先のことを見通す不思議な力が少しだけあった。母の言ったことがほんとうになるとは、私はそのときには全然思わなかった。

ただ、いつのまにかあせっていた自分の状態には気づいた。

毎日のことに追い立てられて、生涯に一回だけしかないこの夏を、予想がつくものであってほしいと思って、自分で自分を狭くしようとしていた。ほんとうは時間はみんな自分だけのためにあるのに、自分で型にはめようとしていた。

いつだって、ここではないどこかへ行こうとしていた自分をたしなめるように店を始めたはずなのに、ここで起こってくることを受け止めて面白がり、味わうことを忘れかけていた。

あせりこそが私をだめな、ふるさとをだめにしたものと同じ色に染めてしまう。時代の、ぐるぐる回転するわけのわからない速さの車輪に巻き込まれてしまう。

私は大いに反省し、とにかくどういう人かわかるまではきちんと見極める気持ちで、はじめちゃんをとりあえず受け入れることにしたのだった。


うちに来た最初の晩に、やることもなかったので、晩御飯の後、はじめちゃんといっしょに近所の温泉に行った。

はじめちゃんは緊張しているのか晩御飯のときも黙りがちで、唯一会ったことがある母にだけ、ちょっとしゃべりかける程度だった。それもかなり礼儀正しくて堅苦しい感じだったので、母は笑って、まりちゃんとごはんの後どこかへちょっと出かけてきたら？　と言ったのだ。

私はまず、自分の店をちょっと見せて、浜をちょっと散歩して、それから温泉に誘ってみた。意外にも即答で「行く」と言ったので、私ははじめちゃんを私の愛車のボロいミニバンでさっと連れて行くことにした。

そこは立派な岩の露天風呂がある公共の浴場だった。空いている時間に行くと、ほとんど誰にも会わなくてすむ。夜風の中、海が真っ黒に見える露天風呂は案の定ふたりきりだった。

はだかのはじめちゃんはこわいくらいに痩せていた。悲しいことで食べられなくなった人の痩せ方だった。私はその背中に骨が浮き出しているのを見て、やけどのあとを見たことよりもずっと悲しくなった。

はじめちゃんのおばあちゃんは昔、家が火事になったときにはじめちゃんをかばって覆いかぶさるようにして、外に出たそうだ。おばあちゃんもたくさんやけどをしたが、はじめちゃんが助かったとき泣き崩れて、はじめて自分も治療を受けたそうだ。

今となっては、そのやけどのあともおばあちゃんの思い出になってしまった、それがはじめちゃんなのだ、そう思ったら、まだよく知りもしない人なのに、はじめちゃんのことをいとおしく思った。

　こんな小さい体でいろいろなことを受け止めてきているはじめちゃんのたたずまいは、いつでも体だけは丈夫で傷だらけになりながらこのへんを飛び回って育ってきた私とは、根本的に全く違う繊細な感じがした。はじめちゃんは頭に血がのぼっているみたいに頭が重そうで、足はひょろひょろしていて今にも転びそうな感じがした。

　そんなふうに自分を思ってくれていた人が死ぬなんて、それは大変なことだったろう。私もおばあちゃんっ子だったから、よくわかる。しかも、そのおばあちゃんの死がお金に直結しているという事実も、きっときついことだっただろう。

　私はただただそう思い「この夏はみんなはじめちゃんにあげよう」と思った。押し付けがましくなく、近くにいるようにしよう。

　その思いはきっと、はじめちゃんの背中にぴたっとくっついてちょうどいいときに花開くだろう、そう思えた。

「風が気持ちいい、それに、夜の海が静かできれい。」

はじめちゃんは静かに笑った。

「そうでしょう、昼間もここに来ると、遠い清水の影が見えるよ。時間があるとき、いろいろなところたくさん案内するからね。大したことないけど、のんびりしたいいところがたくさんあるんだよ。もしはじめちゃんがよければだけれど。」

私は言った。

「まりちゃん。」

はじめちゃんは、そのときはじめて私の名を呼んだ。恥じらいもなく、まるで昔から知っている人のような呼び方で。それは、多分はじめちゃんが心を開くことに決めた、記念すべき瞬間だった。

「なあに？」

「まりちゃん、はだかなのにがっと足を開いて、真っ黒で、漁師みたいに岩に座っていて、かっこいいです。」

「がさつだからね〜。」

私は笑った。このところ忙しくて、私は長い髪をいつもひっつめて結び、いつもはいているワークパンツとGパンを洗って交互に着て、上はいつもタンクトップで、しかも炭のように黒かった。化粧は五分だし、朝、着替えるとき物干し場に行って、服が乾いていないと面倒くさくて生乾きのまま着て乾かしているありさまだった。

「でも、なんだかうらやましいし、かっこいい。そう思った。」

はじめちゃんは言った。

「ありがとう。」

と私は言った。

「はじめちゃんも都会的で繊細な感じがするよ。」

「そうそう、私、明日からもう手伝うから。」

はじめちゃんは言った。

「何を？」

「決まってるでしょ、お店を。」

はじめちゃんは妙にきっぱりしていた。

「いいよ、お客さんなんだから、それに、休みに来たんでしょ？　休んでてよ。」

私はそんなこと想像もしていなかった。今思うと「ひとりでやっていく」ということにすごく意固地になっていたと思う。

「それに、貧乏だからバイト代出せないもの。」

ふふふとはじめちゃんははじめて小さく笑顔になって言った。

「たまにかき氷食べさせてもらえればいい、働いたほうが、気がまぎれるから。」

「何杯でも食べてよ。でも、気が向いたときだけでいいよ、手伝うなんてさ。」

私は言った。このかわいそうに痩せちゃった子が喜んでくれるなら、私のかき氷をいくらでも食べさせてあげたいものだ、本気でそういうふうに思った。

「それにね、私、まりちゃんの店がとても好きみたい。」

はじめちゃんは言った。

「え？　さっきちょっと通っただけなのに？　なんで？」

私は問いかけた。

「まりちゃんの店には、まりちゃんがちゃんと考えて好きになったものしかないから、けばけばしい色のシロップもないし、器も琉球ガラスで、素朴だけどとてもきれいだし。そういう、まりちゃんにきちんと愛されてるものでできている空間にいると、気持ちがうんと落ち着くの。なんだかとても静かなきれいな感じがするから。」

それは、私の店がはじめてほんとうに誰かから評価された瞬間だった。

「ありがとう、わかってくれて。」

私は言った。

お客さんの悪気ない言葉の小さなかけら……たとえば小さい子の「なんで赤いのはないの？」とか、おばさんたちの「なんだか甘くなくておいしくないわね」とか「見た目が地味で損した気がする」とかいうものは、なぜだか他の多くの人たちの「珍しいし、くどくなくておいしいし、見た目もきれい」という評価よりもずっと強く心に刺さってきた。

こんな田舎町で素朴で地味なメニューのかき氷屋をやろうなんて、私の甘えなんだと思わさせられることがたびたびあった。だから、はじめちゃんがそう言ってくれただけで、なんだか少し、安心して心を広げていいという場を与えられたように思えた。

帰り道、車のステレオにはじめちゃんは「聴いていい?」と言って、CDを入れた。

切ない曲が流れ出して、はじめちゃんは小さい声で口ずさんだ。

「なんていう曲?」

「海のふた。」

「変わった題だね。」

「おばあちゃんが死んで、ずっとあまりよく眠れなかったんだけれど、この曲

海風を入れながら

だけがなんだか耳になじんで私の子守唄になっていたの。今は、聴くと落ち着く感じがするからいざというときのために持ってきたんだ。海の歌だから、実際に海辺で聴いてみるのが、私のこの夏の唯一したいことだったの。」

大きな音で、窓を開けて海風を入れながら……帰路はちょうどその曲一曲分くらいの時間だった。私ははじめちゃんが暗い部屋でその曲を聴いているところを想像した。まるでメロディに寄り添うように、小さくなって眠りにつく疲れ果てたその心を。

変わった音楽だな、と思ったけれど、そうは言わなかった。

はじめちゃんは今、変わった音楽でないと、だめだったんだ、そう思えた。暗く沈んだ心のひだにそっと舞い降りるような哀しい歌詞でないと、だめだったんだ……。

「ねえ、これほんとうに悲しい歌だね。」

私は言った。

「うん、ほんとうに悲しい歌。私の置いていかれたみたいな気持ちに、ほんとうにぴったりと、まるで人の体の形みたいにぴったりとくっついてきたの。ずっと私のまわりでは時間が、うまく流れてくれなくて……。私だけがじっと同じ場所にいたみたいでね。だからずっとこの曲の広い広い世界の中に抱かれてなぐさめられていたような感じでね。」

「じゃあこの歌ははじめちゃんにとって、おまじないやチャントやお経みたいになぐさめになったんだ。」

「うん、この曲だけが私の気持ちをわかってくれたみたいな気がした。それに、ひと夏ここにあずけられるって聞いて、はじめは『いやだ、おばあちゃんのことにずっとかかわっていたい』って思っていたのね。毎日頭が痛くなって眠れなくなるくらい人を憎む毎日でも、かかわっていたいって。でも、海があるってきいて、なんだかちょっと気が変わったの。私はこの夏、海のふたをちゃんと閉めて終わりにすることは絶対にできないかもしれないけど、でも、この曲の中に歌われているような、海の近くに行きたいなって、なんとなく思ったの。月とか、花とか見たいなって。ただそれだけが、ちょっとしたいことだったの。」

「だったら、それがきっかけで来てくれて、ほんとうによかった。」

私は言った。

「そんなふうに過ごすよりは、絶対にここにいたほうがいい。」

はじめちゃんが固く小さくなってやっとのことで生きている、その様子を感じとればとるほど、よくぞこんなさびれた知らない町に、よく知りもしない私だけを頼ってきてくれたという気持ちになった。

うちのお母さんの言うには、おばあちゃんが亡くなってからはじめちゃんは家からほとんど出なくなり、ほとんど食べなくなり、誰が欲深くて誰がそうでないのか、おばあちゃんが亡くなるまで全く予想がつかなかったたくさんの親戚の人たちともどんどん険悪になり、誰のことも信じなくなってしまったそうだ。電話が鳴るのをこわがり、来客をいやがり、どんどん痩せていったそうだ。

彼女の夏は、多分心沈む、悲しい夏だろう。それは誰がどうやっても、変えることはできない。でも、せめてここにいる間、その悲しみが日常に溶けるようであれば……まだよく知りもしない人なのに、私は心からそう願った。

「夜の海なんて見たら、悲しくなると思ったけれど。」

はじめちゃんはつぶやいた。

「なんだか、久しぶりにちゃんと息をしたら、いきなり潮のいい匂いがしたという感じがするの。」


そして、次の日からはじめちゃんはほんとうに店に立ってくれた。

よくもこんなにまじめに手伝ってくれるな、というくらいに彼女はてきぱきと働いた。なにかをふりはらうような、地味で静かで意固地な手伝い方だった。

そして、帰り道ではいっしょに、柳の下で憩った。私が見上げると、はじめちゃんも前からそうしていたかのようにいっしょに上を見た。柳は私が生まれる前も死んだ後もきっと同じようにそこにあって、同じように優しく揺れてみせてくれる。ひとり増えたのなんて全然おかまいなしに、ただ柔らかくふらふらと風に葉をおどらせている。

ぬるい海

赦慰仁倶

川の水音にまぎれ、今日あったことや忙しかったことについて、おしゃべりをして過ごした。強かった光は薄れ、熱気も夕方の風にさらわれていった。うんと集中して働いた後の独特の疲れを誰かとわかちあうのははじめてだった。全部ひとりでやっていたので、なんだか照れくさいような感じがして慣れなかった。

そうやって夏は始まった。

はじめちゃんには朝、薄いコーヒーを飲む習慣があった。

朝、私が目を覚ますともうはじめちゃんはとっくに台所にいた。ふとんはもうしっかりとたたまれていて、身支度もきちんとしていた。ねまきのまま毛もぼさぼさで、ベッドのふとんは自分が出たままの形になっている私とは大違いだった。

はじめちゃんはずっとおばあちゃんと同居していたし、はじめちゃんのお父さんとお母さんは共働きだったので、身のまわりのことに厳しいしつけのもとに育っていたのだ。

私が入っていくと、いつでも台所ははじめちゃんのいれたコーヒーの香りでいっぱいだった。

海辺の町で、風の中に潮の匂いがむんむんするのは夜だけだ。朝はどんどん暑くなる乾ききった気配にかえって心がきりっとするほどだ。どれほど暑くなるのだろうと。

窓の外には強い光の中に、母が干した洗濯物がさらされているのが見える。洗濯物はどんどん乾いていく。まわり中にふんだんに満ちている朝のすばらしいエネルギーを吸い取って、すみずみまで光にあたって、いい匂いをさせてぱりっと乾いていっている。

はじめちゃんのやけど跡は、朝の光のもとではよりいっそう濃く残酷に見えた。私はカップを持ち、コーヒーをもらう。

母の焼いたパンか、昨日の晩御飯の残りをちょっとつまみながら、私たちは黙ってコーヒーを飲む。はじめちゃんはきび砂糖だけたっぷりと入れて、私はミルクだけ入れて。

それはなんということのない光景だったけれど、そういうのがいちばん心に残るものだ。

あの夏を思い出すとき、いつもその感じを最初に思い出した。

気だるい体と、寝ぼけた頭と、陽にさらされるはじめちゃんのやけどと、コーヒーの匂いと、ぎらぎらした光の中で乾いていく洗濯物と。

「海に一回入ると、ひとつ健康になるような、ひとつ浄化されるような気がする。」

とはじめちゃんは言った。

「毎日泳いだのなんて生まれてはじめてだけど、なんていうか、健康的になっていくみたいな感じ。うまく言えないけど。」

私も地元民とは思えないくらいよくひとりで泳ぎに行くたちだったので、はじめちゃんがそう言ってくれたのは嬉しかった。

う。」

「じゃあ、湯治《とうじ》に来た人が温泉に入るような気持ちで、なるべく毎日海に入ろう。」

「してないよ。」

「無理してない？」

私は笑った。

「まめに、いっしょうけんめいね。」

「まりちゃんくらい黒くなるかしら。」

「私は、冬でも黒いからなあ、長年の蓄積で。」

「黒くなったら、このやけどの跡もあんまり目立たなくなるかな。」

「もしそこまで黒くなったら、やけどになって大変だよ、ひと夏じゃ無理ね。そうなりたかったら、また、来なくっちゃね。」

そして、たいていは仕事の合間にひと泳ぎしに行った。店の奥で交代にさっと着替えて、松林を抜け、目の前の海に入っていった。汗だくの体がすっと冷えて、午前中の疲れが海に溶けていく感じだった。泳いで体をゆるめ、さっとおにぎりを食べて、あわてて着替えて、お昼ごはん後のデザートを求めてくるお客さんたちを待った。

そして店が早く終わった日やお休みの日は、夕方、陽が沈む頃にも私たちは泳いだ。

一日中太陽の光に温められて、水はすっかりぬるくなっていた。

遠くのほうで光が雲を、目がおかしくなりそうなくらいに明るくて鮮やかな色に染めている頃、一日中陽に温められたぬるい海に入っていく。

それはなんともすばらしい気分だった。空気と水の間になんの差もなく、自然に体が水になじむ感じだった。

海の中にいると、はじめちゃんは海の生き物のように見えて、その姿でそこにいることがとても自然だった。水着のほうが全身の色の変わったところがよく見えるのに、どうしてだか、半そでの腕から黒い色が出ているときや、透けた白い帽子から変わった色のまぶたが見えるときよりも、全然大丈夫に見えた。

少し沖の大きな岩のところをのぞくと、いつでも何か生き物がいた。魚は海の住人で、私たちは人の家をのぞく侵入者だった。同じでっぱりのところにいつでも同じ魚が住んでいたし、カニだとか、うつぼだとか、イカも泳いでいた。イカは触ろうとすると墨を出して逃げていくので、水の中の私たちの顔がお互いにふわっと一瞬見えなくなるのだった。

どうして、別の世界にいるのに、ちゃんと生きていて、生活しているのだろう？

その小さなものたちはとても神秘的に思えた。毎回同じ魚がいて、だんだん慣れてきてあんまり逃げなくなる……そんな微妙なことが起きるのは、奇跡みたいに思えた。

目と目が合うとき、生き物はちゃんとこちらを見ている。真ん丸い目と、確かに目が合っている。お互いをのぞき込むとき、そこにふたつの魂がある。向こうとこっちが一瞬ひとつの窓になる。こんなに種類の違うところに住んでいるのに、大きさも全然違うのに、お互い相手の世界では息さえもできないのに、見つめ合えて認め合える。どういうしくみでそんなことが起きるのか、私には全然わからなかった。

だんだん肌が冷えてきて、水の中と外の空気に境目ができてくる。金の光が山の緑を照らし出し、雲がピンクになる。そういう時刻になると、時計を見ることもなくても自然に海から上がろうという気持ちになる。そして重力がずっしりと感じられる体をひきずるようにして、でも心は軽く歩いて帰った。そしてうちで熱いシャワーを浴びてゆでたてのとうもろこしみたいになった私たちは、クーラーのきいた涼しい部屋でたたみの上で疲れて晩御飯まで寝てしまうことが多かった。

いつでも公共のスピーカーから、時刻をしらせる音楽が割れた音色で響いてきた。夜をぬって、波音に混じって。寝起きのとろりとした意識の中では、それさえも甘いいい音楽に聴こえてきたものだ。

目を開けると寝相の悪い私はいつでも枕から落っこちていた。顔にたたみのあとがついていて、痛かった。そして目の前には、はじめちゃんの寝姿がいつでもあった。はじめちゃんはいつもくるっと丸くなって寝ていた。

砂糖のかたまりみたいに白くて小さい寝姿だった。

店が休みの水曜日の昼間は、私の父の働いているホテルに行ってお茶を飲むこともあった。父はもうそこがオープンしたときから働いているので、たいていの人が私たちに優しく声をかけた。たまに飲み物をごちそうしてくれることもあった。冷房がきいているラウンジでしみじみとお茶を飲んで、あれこれ話をした。

私たちはいったい何をあんなにしゃべっていたのだろう。なにか小さくてなんでもないことをしゃべっては笑ったり、黙ったりしていたのだ。

そしてその老舗《しにせ》ホテルもいちばん栄えていたときのようでは、もう、なかった。

じゅうたんをはりかえるお金がないらしくて、いつも清潔にはしてあったけれどなんとなく全てがくすんで見えた。

お客さんが私たちしかいないこともしょっちゅうあった。

昔は、このラウンジに入るのに人が並んでいることさえあったし、いつでも子供たちがかけ回っていた。次々に新しい飲み物やお祭りみたいな手作りの楽しい企画が導入されたこともあった。

でも、今はよく出る定番を静かに出しているだけ。手間がかかるからと、かき氷さえなくなってしまった。

それでもこのホテルはなかなかいいホテルで、なんともいえない風情があった。

経営者は地元の有力者で、もと地主さんだった。あくどいことがあまり好きでないらしく周囲の景観をこわさないようにとても気をつかっていたし、ゴミ処理や排水の問題もすごく考え抜いてちゃんとお金をかけて作ったそうだ。うちの父はもと東京のホテルのフロントマンだったのでけっこう他から引き抜きの話もあったらしいが、その心意気に打たれて給料は安くても辞めずにずっと働いていた。

父の同僚も地元の素朴な人ばっかりだったので、がつがつしていなくて、お客さんからぼったくろうという気持ちがほとんど感じられなかった。欠点はラーメンバーのラーメンが考えられないほどまずいということくらいだっただろう。でも地元の昔ながらのラーメン屋さんの二代目がやっていたので、誰も改善しようとは言い出さなかった。

世の中はきれいごとではないとは言っても、きれいごとというのはそこそこ地味に、目立たずにちゃんと存在しているようだ。

このホテルは裏口のところでのら猫の親子を飼っているが、誰もそれを不潔だとかいけないだとか猫が増えたらどうする、などと言ったりしない。みんなでカンパし合ってこっそりと飼っている。夜は植え込みに目立たないように置いてある、時々取り替えられるダンボールの中に猫たちはいつでも寝ている。台風のときなど、夜勤の人が猫の様子を見にきたりしている。田舎ゆえのそういう鷹揚《おうよう》なところがここにはちゃんとのこっていた。

いつでも裏口のところに来ると、同じ猫が集っていて、うまくするとなでさせてくれる。町の人も何も言わない。お客さんでも猫好きの人は、散歩のときに猫に会えると喜んでいる。常連さんはカンパまでしていくし、去年の猫が大きくなったと喜び、いなくなった猫のことは悲しんだりしていた。

それでもそれゆえにさびれていくのを止めることは誰にもできなかった。町全体がさびれているので、仕方がない。もしかしたら経営が続けられないかもしれないという噂もしょっちゅうたった。

そんなことありえないと思うくらいににぎわっていて勢いがあった頃を思うと、切なくなった。どんな家族もカップルも、ここに思い出を作りに来たがったものだった……まるで「シャイニング」という小説みたいに、このホテルが何かを懐かしんで淋しがっているような気がした。

「建物は、きっとみんなが発散している楽しさとか嬉しさとか、そういうのを吸って長持ちするんだよ。だって、手入れしてないと、すぐに淋しい感じになるものね。」

私が嘆きを口にすると、はじめちゃんはううん、と首を振って言った。

「確かにここは古ぼけた感じはするけど、まだ致命的な感じはないから、大丈夫なんじゃない？　なんかのどかでいいっていうか。植物も枯れてないもの。つぶれそうなところって植物の手入れをする余裕がある人が、まずいなくなるみたい。」

さすがはおばあちゃんが園芸好きだった人の言うことだ、と私は感心した。

「それでも、もっとにぎやかな頃に、来てほしかったなあ。私の町がまだ、活気の粒にぷちぷちと触れそうなくらいに、勢いがあった頃に。夜、道を歩いているだけで、お祭りのようだった。観光地っていいなと思った。秋になって、夏忙しかった地元の人たちがほっと少しうらぶれた感じで休みだす感じもとても好きだった。それを見せたかったなあ。」

そんなこと言っても、仕方ない。通るべき道をちゃんと通って、こういうふうになってしまったのだから。

それでも私ははじめちゃんに言わざるをえなかった。光が最後の輝きを空の彼方に吸い込ませる瞬間、お互いの顔がだんだんうす闇に沈んでいく時間に。

「昔は、珊瑚《さんご》が生きていたし、貝を拾えばやどかりかほんとうの貝か、とにかくそこには必ず中身が入っていたけど、今は、みんな死んでる。海の中がずいぶんグレーになった。」

「そうなんだ……まだこんなにいっぱい生き物がいるのに？　もっともっとたくさんいたの？」

はじめちゃんはびっくりした。

「うん、全てのブイに小さい魚たちが群れていたし、岩には貝がびっしりついていて、ふなむしもいっぱいいた。カニも普通に道を歩いて、車にひかれたりしてた。その頃を見せてあげたかったな。どうして、いなくなったんだろう？　みんな、どこに行ってしまったんだろう？　みんな死んじゃったのかなあ。排水の垂れ流しか、沖に離岸堤を作ってしまって水の流れがよどむようになったからなのかなあ。それとも、世界中が今、こんなふうになっていってしまっているのかなあ。」

私は言った。言いながらちょっと泣きたくなった。みんな幼い私の友達だった生き物たち。きっと山のいのししも減っているだろうし、とんぼだって昔ほどいっぱいいいない。蝶も前は浜辺一面が青くなるほど、ひらひらと舞っていたのに。

珊瑚のかけらを拾いながら、はじめちゃんは小さい声で言った。

「じゃあ、これはみんな、骨なんだね。終わった後なんだね。そんな悲しいこと、とても信じられない。」

ある日散歩していたら、知り合いの漁師さんの家の軒先に、脳みそとしか思えないものが置いてあった。陽にさらされて真っ白くからからに乾いていたが、まさにそれは巨大な脳みそだった。

「いやだ、どう考えてもあれ、脳だよ！」

はじめちゃんが私の後ろに隠れた。

「まさか、あんなむきだしで干してあるわけないよ。」

「だって、どう見ても何かの脳だよ。」

私はその家のピンポンを押して、おばちゃんを呼び出した。

「これ、なんですか?」

私が言うと、おばちゃんは私が大きく育ったことに対しての感慨をひとしきりコメントした後で、

「これはノウミソサンゴって地元では呼んでるけどね。こんな丸ごとの奴を久しぶりに見たって言って、お父さんが拾ってきたの。」

と言った。

はじめちゃんはかなりショックだったようで、帰り道もいろいろ考え込んで黙っていた。

夕方になると、少し風が涼しくなる。そして秋なんかまだまだ遠いのに、そろそろとんぼが飛びはじめていた。高い雲ももこもこしたのばかりではなくなっている。

「すごいもの見た、ああ、すごいもの見ちゃった。」

はじめちゃんは言った。

手を口のところにあてていたので、ほんとうにそう思っていたのだろう。

「ノウミソサンゴのこと?」

私はたずねた。

「うん、そう。」

はじめちゃんは言った。

「だって、あれがもし海の中に普通にあるものなら、人っていったい何なの?この中に……。」

そう言って、はじめちゃんは自分の頭を指差した。

「同じ形があるんだよ。」

私も全く同じふうに思っていたので、びっくりした。はじめちゃんは、私の思っていたことを、もっとうまい言い方で、表そうとしていた。形が同じだっていうことには、きっと意味があるのだ。でもそれは簡単な比喩《ひゆ》じゃないみたい、そんな気がしていた。秘密がいっぱいありすぎて、それがあまりにもあらわになりすぎていて、この世のそうしたことを思うと、私は時々気が遠くなっ

すごいもの見ちゃった

た。

昔はもっともっと不思議に思ったはずなのに、いつのまにか首をかしげることをやめていたな、と私は思った。はじめちゃんの新鮮なまなざしは私を子供にかえらせた。

潮がひくと、入り江の岩の上にはとんでもない世界が生まれる。

海水浴場を離れてもう少し奥の岩場に歩いていくと、まだかろうじてそういうものが残っていた。

ふなむしを蹴散らしながら、私たちはいつも怖いもの見たさでのぞきに行った。

「この水の中って、とっても濃くて、人が生まれる前のミニチュアみたい。」

とはじめちゃんはよく言った。

くぼみにたまった海水の中には、カニとか小魚が無数に存在していた。なんだか長細い虫みたいなものだとか、プランクトンも光に透けてよく見えた。ふじつぼだとか亀の手だとかが奇妙な形ではりついて模様を作り、少し下のほうにはウニが鋭いとげを張り出していた。

もっともっと、人が行けないような海の底にはどんな生き物がいるのだろう？

私はそれをよく想像した。その深さ蒼さ気味悪さ、音のない世界、空気もない。知らない生物がそれなりに暮らしている……それは、宇宙と何も変わらないと思った。

上からのぞき込んで、彼らの生活をじっと眺めているこちらは侵略者であり、宇宙人だ。向こうの生活をただ上からのぞいている。

あのイカだとかカニだとか、イシガキダイだとかエンゼルフィッシュだとかに、毎日、そして毎年同じ場所で会える奇跡。

それがどれほどすごいことか、ほんとうは人間も同じなのに、案外、気づかないでいられる。毎年きちんと咲いてくれる桜のことなんかも、風景としか思わなくなる。

たずねていけば、裏の家のおばあちゃんはいつだっている。毎年びわジャムを作って持ってきてくれるのと同じに、なにかおすそわけを持って「こんにちは」と玄関に呼びかけたら、いつだっている。玄関に置いてあるほこりをかぶった流木の置物だって、ずっと変わらずにある。

でも、実はそんなふうに毎日のように会えることって、ものすごいことなのだ。お互いがちゃんと生きていること。約束もしていないのに同じ場所にいること。誰も決めてくれたわけじゃない。

実はいろんなことってそんなに確かなものじゃない、っていうことに気づいたら苦しすぎるから、あんまり考えないでいられるように、神様は私たちをぼうっとさせる程度の年月はもつような体に作ってくれたのだろうか。

この世の慈悲と無慈悲のバランスは、私たちが想像するには大きすぎる。ただその中で泳いだりびっくりしたり受け入れるしか、できることがないくらいにでっかいみたいだ。


どうしてもはじめちゃんに体験してほしくて、真っ暗い夜の海に入ったことも数回あった。

昼よりも少し冷たい水はまるで墨に体を入れるように真っ黒なのに、手を動かすと夜光虫がさあっと光って道をつくる。何回も何回も、とりつかれたように手を動かした。まるで妖精の光の粉のように、闇に金が流れる瞬間が残像になった。

生き物と生き物が起こす夢みたいな反応に、私たちは夢中になった。

「こんな不思議なことって生まれてはじめて！」

とはじめちゃんは何回も手をすうっと水の中に泳がせた。魚のように。

そう、よく考えてみると夜の海の中でだけ光る生き物がいるなんて、それといっしょに泳いでいるなんて、気味悪いようなすばらしいような変な感じがした。

すごすぎる。生きているだけでいろんなことがありすぎる。もしもこの夏、私が店のことだけ考えていたら、絶対に思い出すことのない感覚だった。

はじめちゃんが来てくれて、ほんとうによかったと思った。

こういうひとつひとつの奇妙な感動が私を豊かにして、瞳を輝かせ、毎日をルーチンにしなくなった。そしてそのことが、なぜか昼間の仕事をいろいろな角度から複合的に支えているということがわかってきたのだ。

はじめちゃんにご神木の巨大な楠《くすのき》を見てほしくて久しぶりに神社に行ったら、そこもやっぱりさびれていた。工事中で、でも活気がなくって、ゴミだらけで、あまり人の出入りがない感じだった。いくらメインの通りから離れていると言っても、神社がさびれているのは、ことさらに悲しい感じがする。

お掃除っていうのは、きっとその人がその空間をうんと愛しているという気持ちで清めることなんだなあ、と私はしみじみ思った。形だけやってもちゃんとわかってしまうし、木でも人でも動物でも空間でもものでも、大事にされてるものは、すぐにわかる。

昔は参道らしくにぎわっていた周囲の店も、やっと営業しているという感じになっていた。

ご神木だけがずっしりとさびれずにその太い幹にしめ縄を巻かれて葉を茂らせていた。

一時期はこの付近も銭湯を観光客用に改装したりしていて、私も夕方の散歩がてら入りにきたりしたのだが、今はぽつりぽつりとしか人を見かけなかった。

それでもその、終わりかけていくものの悲しい雰囲気のよさみたいなものがないわけではなかった。そうか、こうして、静かに立ち枯れていくんだ……町も。

私は妙に納得して、神社の裏山にバナナがいっぱいに茂っているのを眺めていた。

はじめちゃんが言った。

「私、この町に生まれ育って、まりちゃんといっしょに初詣《はつもうで》とか、来たかったなあ。」

「そんなにいいものでもないよ、いいところばっかりだったわけでもないし、いい人ばっかりでもないし。ただ、今よりはずっといいときがあったっていうだけでさ。」

「やっぱりそういうものなの。今のところいい人にしか会ってないから、観光客気分のままでいられた。」

　はじめちゃんは笑った。

「すごいいやな人っているよ。銭湯で、若い人が入ってくると意地悪するのが生きがいだとか、嫁と姑の争いでおかしくなっちゃった一族とか、座敷牢みたいなこととか、捨てられたゴミを開けて調べるだとか、店先に座って日がな一日人の悪口ばっかり言ってるおばさんたちとかね。」

「やっぱりそうなんだ、どこにでもそういう人はいるんだね。」

「そうそう。もう、顔つきまで変わってしまっていて、ぐっと煮しめたような、ゴブリンのように緑色に見えるよ。なんか、ぐうっとこりかたまっていてさ。きっと何かにとりつかれてるんだね、ああいうのって。」

　私が言うと、ゴブリン、と言ってはじめちゃんは笑った。

　店をやっていると当然そういう人にも接することがあるし、いわれのない中傷もあるけれど、店という窓から顔を出しているだけだし、何かにとりつかれているからと思って相手にしなければ、なんとなくうまく過ぎていくものだった。

海や光が表の顔だとしたら、ゴブリンが生まれ続けていることは裏の顔だ。どっちもこの町の姿で、ひとつの景色として存在する。

「そういう人たちってどうしたらいいんだろう？」

はじめちゃんは言った。

「私のやけどのことでも、そういういろいろな事件があったなあ。」

「もともと関係ない世界の人だからと割り切ってなるべく接しなければいいんじゃないの？　だって、なんか私にはもうああいう人たちって、もう人に見えない。目がおかしいもの。ほんとうに醜いゴブリンに見えるんだもん。」

「まりちゃんの意見は、何事もさっぱりしてるね。」

はじめちゃんは言った。

「まりちゃんみたいだったら、私はここに逃げだしてこなくてよかったのかしら。」

「そういうわけでもないけど。それに、ああいう人たちは、もめだすと恐ろしいくらいしつこいから、私きっと負けるよ。でも、これだけは確かなのは、昔は、そんなことがあっても、全然気にならないくらいに、海とか山がもう毎日変化するワンダーランドかと思うくらいに楽しかったっていうこと。季節の変化も気候のすばらしさも、全部もう両手に持ちきれないほどだった。そして、どんないやな人にも平等に夕焼けとか、台風の後の空とかがふんだんにきれいなものを降り注いでくれたの。考えられないくらいきれいな日っていうのが年に数回あって、光や海や空の色の変化があまりにもすばらしいので誰もが何かをもらっているような気持ちになったものよ。」

私は言った。

「だから、今のさ、自然がどんどんなくなっていくことだけではなくって、大漁になりにくいとか、お金が気持ちよく入ってこないとか、こういうあまり楽しみの降り注がない状況で気持ちが煮詰まり始めたら、それはやっぱり昔のようにはいかないよね。」

「昔はよかったっていうことなのかなあ。」

「それはもちろんそうだし、私が世の中を見る目もフレッシュだったものね。ただ、ここに住んでいる人たちが、もうどうでもいいって思ってるのが、悲しいだけかも。だって、私はどうでもよくないもの。ちょっと前はそれでも、町中ががんばっていたんだから。でも、不況になった頃からかなあ、ちょっとずつ、何かが変わってきたの。大きなチェーン店はいっぱいできて便利になったけど、氷屋さんは二軒つぶれたし、観光客がいなくなったら、干物屋さんも減った。でも、わりとちょっとしたことの重なりなんだよね。港になんていうことない食堂があって、すごくおいしいづけ丼を出していて有名だったんだけれど、うちの家族も、まわりの人たちも、港までけっこう遠い道のりを暑い中歩いていくのが夏の楽しみだったもの。そこのカレーがなぜかおいしくてさ、ひき肉がいっぱい入って、キーマカレーみたいだったの。私なんて大学時代、それと生ビールを飲むためにひと夏通いつめてたくさん歩いたから、ダイエットできたもの。その一軒だけで、全然違った。」

「そこってもうないの？」

はじめちゃんはたずねた。

「あまりにも感じのいい家族があまりにもおいしいものを出していたので繁盛しすぎて、お金がたまっちゃったって言って、みんなで伊豆高原に移住してペンションみたいなのを始めてしまったのよ。いちおう今もそのお店はあるけど、もうカレーはないし、前よりもずっと味が落ちたみたい。だから行かなくなってしまって、私だけの、いや、きっとみんなにとってのあの暑くて幸せな道が……シルクロードみたいに消えてしまったのよ。」

私は言った。

「し、シルクロードって、ちょっとそれは、いろんな意味で違うんじゃない？」

はじめちゃんは笑った。

「あと、すごくおいしいラーメンを出す海の家もあったんだ。おじさんが手作りのみりん干しを出してた。そこの店先にこしかけて水着のままでみりん干しを食べて、生ビールを飲むのも、人生の幸せのひとつだったのよ。そこにはいつでも気楽さや笑顔があった。」

私は言った。

「もしも、そういうものがいつでも必ずたったの数年で、しかもお金が理由でなくなってしまうんだったら、私は何をはじめちゃんみたいな、はじめて来た友達に自慢すればいいの？　そういうすてきなものがのこせないのに、いったい何が続いているっていうの？　何を支えに毎日を続けていけばいいの？　すてきなものがどうせ何ものこらないなら。」

はじめちゃんは、いつもの私のぐちを聞かされているというのに、まじめにうなずいていてくれていた。

鳥居をくぐり、商店のある道を抜けて、昔ながらの家が並ぶ静かな界隈を散歩しながら歩いていった。民宿はまだいくつも営業していて、調理場は活気がある音をたてていた。お客さんの靴がいっぱい並んでいた。そういうのを見るとほっと嬉しくなる。

「こんなにつまらなくてつらいことって、そんなに長くは耐えられない。だから、かき氷を食べにくる人は基本的にみんな笑顔だし、新しいものだから嬉しくなってくるんだもの。さびれた神社のほうが嬉しいって言う人もいないもの。」

私は言った。

「私もまた来て、いつかまたいいふうに変わっていくところを見よう。」

はじめちゃんは言った。

「海の生き物が増えてくるといいなあ。おばあさんになっても、まだ魚といっしょに泳げるといい。今年は、海が私に力をくれたから、つよくそう思うの。」

店にはたまにはじめちゃんがこき使われていないかを心配する母がやってきた。

母ははじめちゃんのお母さんとしょっちゅう電話でしゃべっていたが、少し元気になって陽に焼けてきたことなんかを報告できて嬉しそうだった。

光が表

「大丈夫だよ、この私が本気出してついてるんだから。」

と私は母に言ったけれど、たまにひまになると日傘をさして、母は松林をゆっくりと歩いてこちらにやってきた。日傘の母を見ると、私はいつでも懐かしいような痛いような気持ちになった。子供の頃、浜で遊んでいて迎えにきてもらったときのような感じがした。その頃はまだおばあちゃんがいて、この世の厳しさから私を保護する網はうんとまだぶあつかった。

誰もいないと母はたまに座ってかき氷を食べていった。

「けっこうおいしいわね、これ、品がよくて、飽きないよ。」

といつでも母はほめてくれた。まるでいたずら坊主の男の子みたいに、私は妙に照れてしまった。はじめちゃんはそういうのを見てにやにや笑っていた。

一回、三人で店が終わってから、岬に行ったことがある。車で二十分ほどの、有名な場所だった。岬から見る海はちかちかと光り、小島が海からぽつんと緑色に盛り上がっていた。光を受けて何もかもがうんと遠く神聖に見えた。

「よくここでお父さんとデートをしたよ。」

と母は言った。

「だって、この町の恋人同士はここに来るしかロマンチックなことないもの。」

「金山の跡は？　暗くて洞窟になってて、ロマンチックじゃない？」

私は言った。

「あそこは観光客むけよ。」

母は言った。

「ここに夕方立って、はるか下のほうを見ると、いやなことはみんな忘れた。」

母はかなり若いときに父の働く猫のいる地味なあのホテルに就職し、そのままここに嫁《とつ》いできたのだった。

はじめちゃんのお母さんはそのときの同僚だった。

「うちのお母さんも来たかしら。」

はじめちゃんは目を細めて、はるか遠くにいつまでも続く海を見ていた。

「来たよ、きっと。デートもしたんじゃないの？」

私は言った。そう、この切り立った岬からの雄大な景色だけは、私が小さい頃から全く変わらないで大事に保存されていた。おみやげもの屋さんの品物が変わったくらいで、あたりのうっそうとした濃い緑もうるさいくらいに響く蟬《せみ》の声も景色を楽しむための遊歩道も、そのままだった。みんなで風に吹かれて立っていたら、誰が親でどういう出会い方でどういう関係なのかもすっかり忘れて、三人の少女になったみたいだった。

「うちのお母さん、さいごのほうは看病ですごく大変だったのに、まだ東京でいやなことをいっぱい味わってる。お母さんこそ、ここに連れてきてあげたかった。」

はじめちゃんは言った。

「良子さんもまた来ればいいよ、いつだってここにいるから。」

母は笑った。若い頃のように髪の毛が風に揺れた。もう白髪が目立っているが、やはりその芯のところにある印象は変わらない。

私にとっては厳しい母だったし、頑固で融通がきかないけれど、人の悪口を言わないところが好きだった。みんな近所の人は、うちの家族はいい人ばっかりだと言うが、そんなことはない、意地悪もすれば欲もある、ただ人として普通なだけなのだ。

「人はみんな痛い思いや怖い思いをしたくない、幸せを感じたい、そういうものだから。」

母はよく私にそう言った。

「だから誰かがそういうふうになりそうなことには、決して手を貸してはいけない。」

私はいじめとか仲間はずれとか……まあ田舎だからのどかなものだったが、そういうのに加担しなかったことで、ただでさえ人になじまないのにますますひとりでいることが多くなった。幼い頃はそれでかなりいじけた気持ちにもなったけれど、今となっては、そういう行動が一枚の板みたいになって、私を支えるようになった。

きっとはじめちゃんのお母さんと私の母は、今、私がはじめちゃんといるようにいっしょにときを過ごし、そのときにできることを目いっぱいして、くだらないおしゃべりをしたり、手をつないだりして、互いの匂いや感触を確かめられる位置で思い出を作ったのだろう。

この町や近くのいろいろなところを巡るたび、はじめちゃんは「連れてきてくれてありがとう」と言ったが、実は感謝したいのは私のほうだった。

はじめちゃんがいっしょにいると、ひとりでも感じていたことがもっと大きく大らかに感じられるようになる。私の心が大きく開いて、いろいろなことがもっとよくわかるようになった。

人は、人といることでもっともっと大きくなることがある。

私の好きなものをいっしょに見てくれる人がいる、それだけで私はどんなに運転してもいいや、貯金など全部なくなってもいいや、そんな気持ちになるのだった。

「この景色はほんとうにすごい、神様の気持ちがわかりそう。あまりにもきれいすぎて、息ができなくなりそう。」

はじめちゃんは言った。

遠くを行く船が豆粒くらいに見える。一本の白い筋をのこして、まるで空をゆく飛行機のように海をゆくのを、私たちは黙って見ていた。なにもかもが金色に光っていて、粉をふりかけたみたいにきらきらしていた。空と海の境も光っていて遠すぎてかすんでいるようだった。

私たちはよく、帰り道に遠回りして堤防の上に登り、釣り人しかいない突端のほうまで散歩をした。

たどり着く前に夕焼けが終わらないように、すたすたと歩いた。

そしていつでも堤防にこしかけて、黙って夕陽が沈むのを見ていた。

夕陽はすごい力を持っている。今日が一回しかないことを、沈黙のうちにさとらせる。はじめちゃんは相変わらずあまり食べなくて、全然太らなかった。堤防へのはしごを登っていくとき、その細い腕はおさるさんのようだった。

抱きしめて、小さな籠か何かに入れて、絶対に起こさないように静かにして、うんと休ませてあげたいくらいだった。でも、そうはいかないのが人生だと、

はるか遠くに

時間の中を泳いで

若くして私もはじめちゃんも知っていた。

　ある夕方、いつも夕陽を見るその場所で、はじめちゃんは言った。

「私はずいぶん早くに、もしかしたら、って気づいてしまったことがあるの。」

　夕方の風はほんの少し涼しくて、あんなに明るかった光も西のほうへどんどん集まっていって、ピンクやオレンジや金に雲を彩《いろど》り、驚くほど早く夜がやってくる。夜の匂いがあたりにたちこめ、自分の足元が暗くなってくる。はじめちゃんの顔がうす闇に溶けていく。

　髪の毛の細いところが影になる。私たちのすんなりとのびた足を堤防にぶらぶらさせていると、たまに波がぶつかってしぶきが冷たく足にかかる。夜の海の中で生き物たちの夜の暮らしが始まる。

「このやけどのことを、嬉しいと思ったことはなかった。でも、このせいで、私は他の人よりもずっとたくさん、考える時間をもらった。そしてずっと考え続けた。おばあちゃんが私を守ろうとしてくれたときには、熱さも痛さも感じなかった。でもそのときの、おばあちゃんの体の温かさとか匂いとか、よく覚えている。人はそんなふうに、自分よりも幼いものを絶対に守ろうと思う。それが人というものがこうして続いてきた理由、理屈のない理由なんだって私は体で知った。おばあちゃんが教えてくれたことだった。おばあちゃんが死ぬ直前までの期間はうんと時間がゆっくり流れて、それはほんとうのところ、とても美しい時間だった。もっとこわくて生々しくて見ていられないようなことだと思っていたら、もう少し余裕があって、自然なことだった。もちろん生々しいこともいっぱいあったよ。でも、そういうのを抜きにしても、意識がなくなる直前まで、おばあちゃんはちゃんとおばあちゃんだったの。イライラしたり、怒っていたり、痛がっていても、おばあちゃんはちゃんと私のおばあちゃんだった。別の生き物に変わったわけじゃない。そのことを私はすごくいいことだと思った。そのドラマを全身で味わった。きっと、昔は、歳をとった人は、若い人にそうやっていろいろ体で教えながら死んでいったんだ、そう思ったの。それから、自分が生まれながらにさずかったものやさずからなかったもの……いろいろと、うんと考えたの。そして思った。私が特別なわけではないんだって、ただ少し多く早く味わってしまっただけだって。このことの全てが私固有の心の傷なんかじゃない。これこそが、生きるということなんだって。私たち人間は思い出をどんどんどんどん作って、生み出して、どんどん時間の中を泳いでいって、でもそれはものすごく真っ暗な巨大な闇にどんどんどんどん吸い込まれていくの。私たちにはそれしかできないの。死ぬまでずっと。ただ作り続けて、どんどんなくしていくことしか。」

　はじめちゃんは暗く静かな声でそう言った。

「それじゃあ、いくらなんでも暗すぎない？　何ものこらないなんて？　全部、闇に吸い込まれるだなんて。」

　私は言った。私は若くて挫折なんか何も知らず、ただ生まれたこの小さい海辺の町を愛しているだけのかき氷屋の娘だった。

「もう少し明るくいこうよ。」

　はじめちゃんの言っていることはきっとほんとうなのだ、と直感でわかっても、認めたくはなかった。でもうっすらとわかっていた。いろいろなことをいくら明るく考えようとしても、結局は全て闇にともるともしびに過ぎないということを。

「思わぬものが、思わぬ形でときを超えるのかも。」

はじめちゃんはそう言った。遠くを見つめて。

はじめちゃんがそう言ったから、そうかもしれないと私は思った。

ふるさとの町のこの景色、変わらない海岸線……打ち寄せるなめらかな波、遠くの灯台からまわってくる赤い光の筋……でも、こうしている間にも、なにひとつ同じであるものはなくて、どんどん変わっていき、失われているのかもしれない。

帰り道、手をつないでうす闇の道、貝殻や石で転ばないように助け合いながら、私たちはどちらからともなく、小さい声でふたりが知っているいろいろな歌を口ずさんだ。はじめちゃんの持ってきた「海のふた」の歌も、私はすっかり覚えて歌えるようになった。そして歌いながらぽくぽくと歩いた。波の音にまぎれて、ふたりの声は色っぽくからまり合って夜空に消えていった。

ちょっと間があくと、空を渡る風の音が聞こえた。遠くのきれいな山はこんもりと黒くシルエットになって、町の眠りを守っていた。

昔は、この通りは夜になるとにぎわい、観光客も地元の人もいりまじって、暑い夜を抜け出すみたいに道をただただ散歩したものだった。私はそんなにぎやかな頃を、幽霊を見るみたいに静かな通りに重ね合わせた。売れないものだからおみやげ屋さんもぶっちょうづらで店番をしているけれど、ほんとうは、もっと店にいっぱい人がいて、みんな楽しそうで、レジの音がやむこともなかったのだ。そんな頃を思い出すと、子供みたいに泣き出したくなった。

私はここに戻ってきてから、そんなことばかり思い出している。ノスタルジーが私を突き動かす力になっている。それは一見、希望的なことに見える。でも、うんと後ろ向きだった。別れた人のことをいつまでも思っているみたいな感じだ。

これからここがどうなっていくか知らない。私はここの大地をなでるような気持ちで、毎日この足で歩き回っている。小さな愛が刻まれた場所は、やがて花が咲く道になるからだ。

それでも、もっと大きな何かの前では、はじめちゃんの言うとおり、私は流されていくだけだ。このひとときさえ、いつかまた泣かせる思い出になっていく。

だからこそ、大したことができると思ってはいけないのだ、と思えることこそが好きだった。私のできることは、私の小さな花壇をよく世話して花で満たしておくことができるという程度のことだ。私の思想で世界を変えることなんかじゃない。ただ生まれて死んでいくまでの間を、気持ちよく、おてんとうさまに恥ずかしくなく、石の裏にも、木の陰にも宿っている精霊たちの言葉を聞くことができるような自分でいること。この世が作った美しいものを、まっすぐな目で見つめたまま、目をそらすようなことに手を染めず、死ぬことができるように暮らすだけのこと。

それは不可能ではない。だって、人間はそういうふうに作られてこの世にやってきたのだから。

そして、そんな暗く真実に満ちた言葉を口にしながらも、はじめちゃんはいつもの透明な目をして、見えるもの全部をすうっと見つめているように見えた。その姿勢は私の後ろ向きなぐずぐずした未練とは違って、今、まさに目の前にあることを見ようとしている強さを感じさせた。

そういうとき、はじめちゃんが亡くなったおばあちゃんのことをほんとうにしょっちゅう思い出していることがよく伝わってきた。はじめちゃんには、この海も夕空も砂浜も遠くの明かりも、とても自然な形で、みんなおばあちゃんの面影に感じられているのだろう。亡くなったことで、それから後は目に映る全てにおばあちゃんが宿った、そういう感じがした。

はじめちゃんをこよなく愛したおばあちゃんのいない世界に、はじめちゃんは漕ぎ出したばかりだった。

私がはじめちゃんを「もしかしたら、この人はひと夏の客ではなく、ほんとうの友達になれるかもしれない」と思った特別なできごとがいくつかあった。

そのひとつは……例によってかき氷マニアの私が、ライバル店の研究をかねてはじめちゃんをかき氷のある喫茶店に誘い、山の上のほうまでいっしょに歩いていく途中で、昔つきあっていた男の子にばったり出会ったときのことだった。

ふたりはもうすっかり友達になっていたので、

「何しに行くの？」

「かき氷食べに。」

「また？」

というやりとりが普通になされた。

「この子は、はじめちゃん。お母さんの友達のお嬢さんで、この夏、うちに住んでいるの。」

私は言った。

彼ははじめまして、と言った後、はじめちゃんの顔を見てぎょっとした。そして、私の目をしっかり見て「わかったよ」という顔をした。

その「わかったよ」が出すぎてもひっこみすぎてもいなかったので、私は彼のどういうところをうんと気に入っていたかを思い出すことができた。

そしてはじめちゃんを見ると、はじめちゃんは「ふたりの関係はわかった」というふうに私に向かってうなずいた。

そして三人で歩き始めた。山へ向かう道は草の匂いで苦しいほどで、午後遅い光は容赦なく肌を焼いた。そして蟬の声がたくさん重なりあって激しく響いていた。

彼とは、私が大学に行ってからなんとなく自然に離れてしまった。お互いにいつのまにか連絡を取らなくなったのだ。特に嫌いになったわけでもなかった。彼の実家は料理を出す民宿で、若い女の子がたくさん来た。彼がそのうちの何人かとつきあっているというような話も出て、私は「こんな、一生焼きもちで苦労するような仕事の家の人はいやだ」と短絡的に思っていやになってしまったのだ。

たどり着いてみると、まずいことにその喫茶店には、今ちょっと気がある男の人が、ひとりでお茶を飲んでいた。

彼はこの夏、海の家にバイトに来ていた。一回、海の家でそういう話をいろいろしてちょっと親しくなったのだ。

こうなるともう仕方ないや、狭い町だからしょうがないわ、と私はあきらめて席についた。

私の気に入っている人ははじめちゃんを見るなり、

「うわあ、影かと思ったら違った。」

と言った。そしてうんと優しい顔をして、

「こんなきれいな顔なのにもったいないね、でもそれがなかったら、きれいすぎちゃって困るもんな！」

と笑った。陽に焼けた顔で、まるで少女マンガみたいなせりふなのに、彼が言うと妙にすっきりとして聞こえた。

そうそう、私はこの人のこういうところが気に入ってるんだよね、と思ったけれど、やはり黙っていた。

彼はその店の手伝いもしているらしく、オーダーを取りに来たり、お互いを紹介し合ったりして普通に過ごした。

その店のちょっと甘ったるいかき氷を食べながら、顔もあげずに普通に、昔の彼氏が言った。

「おじいちゃん元気？」

「うん。でも腰をいためたみたい。」

「またあの玄関の壺《つぼ》、動かしたの？」

「そう。誰もいないときにひとりで思いたったみたい。」

「大事にしないと。」

「うん。」

「今度重いもの持つとき、昼間でも電話してみてって言っといて。」

「うん。」

そういう話の間、私の心にはおじいちゃんが子供みこしを担当していた頃の、この男の子の姿が浮かんでいた。すごくやんちゃな目をしていて、お祭りの衣装がかわいくて、ずっとおじいちゃんの後をついて歩いていたっけな。

「おまえ、そのかき氷、今日何杯目？」

「はじめてよ。」

「そう。」

「俺……すごく不思議に思うんだけど、おまえの店、エスプレッソの機械があるじゃん。」

「うん、あるよ。」

「じゃあさ、どうして氷コーヒーはないの？」

「……なるほど。考えたこともなかった。今度作ってみようかな。」

「俺に試食させて。俺コーヒーが好きだから。そのメニューがあったら、俺きっと、いつでも頼むよ。毎日食べてもいいくらい。」

「わかった。」

そんなやりとりをぼそぼそとした。スプーンを動かしながら。

食べ終わると、みんな普通にあいさつして店を出た。私は、気に入っていたはずの男の子が全然気にならなかったので、つまらなくなった。あのとき、うんとよく見えたのは海辺のマジックだったのか。

蟬の声が重なりあい、わんわんと混じりあっていた。その音は目に見えるみたいにまあるく響いた。そして向こうの山が陽を受けて金色に光って見えた。

「じゃ、俺先に行くね。」

と昔の彼氏は私たちにかき氷をおごってくれて去っていった。すたすた歩いて草の茂る道に消えていく、Tシャツの背中を私とはじめちゃんは缶のお茶を飲みながら見送った。

あの背中が私の憧れの全てだったときがあった。あのごつごつした力持ちの手と手をつなぐときだけが、私の一日の全ての喜びだったときもあった。でも、今はみんな色あせてしまった。彼といるとき、ふるさとの町は最高に輝きを増した。夕方、神社までいつでもいっしょにゆっくり歩いていって、境内でかき氷を食べながら、キスをしたりもした。この町でこのままこの人といっしょに大人になっていけたら、と思ったこともあったけれど、やっぱり一回外に出て

この世がつくった美しいもの

みたくて、そうしたら全てが変わってしまった。私はいまや男勝りの、かき氷屋店主だ。

　帰り道、てくてくと歩きながら、はじめちゃんが言った。

「どっちが彼氏？」

「どっちも違うよ。」

　私は笑った。

「ひとりは、昔ちょっとつきあっていたの。店にいたほうの人は知り合ったばっかりで、ちょっといいなと思っているだけ。」

「どっちもさ、いい男の子だったね。」

「うん。氷コーヒーはいいアイデアだな、と思った。あんまり甘くしないで作るとシチリアのグラニータみたいになって、しぶいかもしれない。」

「そのアイデアのところの会話も、よかった。」

「あの子のこと、気に入った？」

　私が聞くと、はじめちゃんはううん、と首をふった。

「私、めったなことでは恋をしたりしないから。きっと人生に一回か二回くらいだと思うんだ。」

それは妙に説得力のある言葉で、この子はほんとうにそうなんだろうな、と私は思った。

「そうか、私は成り行きにまかせて、つまみぐいをしながら自分勝手に育っていくタイプだわ。」

私は言った。そして、たずねた。

「はじめちゃん、これまでに恋人がいたことはあるの？」

「うん、あるよ。」

にこにこしてはじめちゃんは顔をあげた。

坂のはるか下のほうに、私の家へと続く国道があった。そして草と木の隙間から、小さくきらきらと海が見えていた。

「今も続いてる。」

「歳が上なの？」

草と木のすきま

全てが何でもないこと

「なんでわかるの？」

「なんとなくね。はじめちゃんには同い年の人なんて、子供みたいに見えるでしょう。何してる人？」

「もともと塾の先生だったんだけど、今はほとんどボランティアで、戦争とか貧困とかいろいろたいへんなことのある外国の村で、教育を受けられない子供たちに英語とかを教えてる。」

「なんだか、しっかりした人みたいだね。」

「でも、いつ帰ってくるのか、わからないくらいだよ。向こうで奥さんと子供ができたと言われても、ちっとも驚けないくらいに会っていないよ。」

はじめちゃんは笑った。

恋の話になったら歳相応のかわいいはじめちゃんになったのが、私には微笑ましかった。

「……でもさ、なんだかね。」

はじめちゃんは言った。

「私にこのやけどのあとがあるから、好きなんじゃないかって思わせられるところがあるんだよね、その人……もし私がこうでなくても好きだった？ってそこまで思い入れた？って、思ってしまうんだよね。」ってね。

「な〜んだ、それはそうでしょう、私にはわかるよ。」

　私は言った。

「なにそれ？」

　はじめちゃんはこっちをまっすぐ見て言った。ちょっと怒りだしそうな目をしていたけれど、私はかまわずに続けた。

「だって、フルートのすごくうまい人がそれで人をひきつけるように、手先がすごく器用な人がもてるように、巨乳が人気あるように、そこがはじめちゃんのよさをひきたててるんだもん、仕方ないよ。」

　私は言った。

　はじめちゃんはしばらくあきれたような顔で私を見ていたが、

「なんだか、まりちゃんにそう言ってもらったら、突然、全てがなんでもないことに思えてきたよ。」

と笑った。

「だって、ほんとうだもん。そのやけどのあとは、はじめちゃんをいっそう深く魅力的に見せてるからね。より神秘的に、よりはじめちゃんらしく。」

私は言った。

「それにしても、そんなだとその人はもう日本に帰ってきたりしないのかな、はじめちゃんは追いかけていって手伝ったりしないの？」

「考えなくはないけど……どうして男の人って、どんどん深くて暗いものを求めていくんだろうね。」

はじめちゃんは言った。

「していることはすばらしいことだと思うけど、井戸しかない、電気もやっと通ったばかりの、戦争の後の村で、地雷もあるようなところで、ほったて小屋に住んでいて、連絡も取れないんだよ。相手が私でなかったら、別れてると思う。おばあちゃんが死んだことさえ、伝えることはできない。こんなときに会えないなんて、そんなにしてまでそんな遠くに行かなくちゃだめなのかしら、と思ったわ。さすがに。」

「ああ、わかる。私も東京で年上の人とつきあったことがあった。すごく忙しい人で、昆虫の研究をしてたんだけれど。そのとき、そう思った。男の人はゆるされるかぎり、どこまでも淋しくて暗くて深すぎるところに行くよね。わざわざ。探求心なのか、人類のしくみなのかな。」

私は言った。私にはどうやってもできないような集中や、絶対に考えられない淋しさの中に、どんどん分け入っていくその人をうんと不思議に思ったものだった。

「しくみって思ったことはある。男の人はどんどん暗くて淋しいほうへ行って、女の人は毎日の中で小さい光を作るものなのかなあって。どっちもあってはじめて人類の車輪が回っていくのかも。」

　はじめちゃんは言った。

「倒れるまで仕事するとかいうのは女もあるかもしれないけど、体力の限界まで何かを突き詰めるとかって、そこまで深くならないところでストッパーがかかるよね。ああ、暗くてくだらない、おいしいものでも食べて寝るか、ってすぐ明日になっちゃうよね、女の人はね。根本的に役割がちょっと違うところって、きっとあるんだろうね。体が違うっていうことは、何か役割が違うということだからなあ。きっと男の人は帰るところがあるからそんな思い切ったことができるのかな。お母さんとか奥さんとか……そういう命綱があるから、どこまでも探求できるんじゃないのかな？　宇宙とか、そういうことを。」

「宇宙は、深く暗く果てがなさそうだし、それが真実っていう感じがするもんね。どっちかが実際に調べにいくとなると、やっぱり男が行くんだろうねえ。」

「だから、命綱は、なるべくしっかりしていて暗すぎず、大地に根をはっているほうがいいんだろうね。それに子供を生むとかっていうのも、よく考えたらものすごく深くて暗いことだから、女の人はその勉強で充分なのかも、真実のことは。あとは毎日の中の小さな楽しさでやっていけるように作られているんだよ、きっと。」

「でもそれが深くないってわけじゃない。」

「そう、種類が違うだけ。」

「神様ってよく考えてるよね。」

「ほんとうによく考え抜かれて創られてるね、この世の中は。」

妙に意見が一致して、ふたりはぽわんと心が広がったのを感じた。

風に乗って、海のほうまでずっと。

はじめちゃんは言った。

「でも、見てたら、いっしょにかき氷食べた子のほうと、すごくうまが合っていたみたい。」

「なんだ、私の話に戻ったの？　やめてよ、もうあいつとは腐れ縁で、せっかく帰ってきたのにまたあいつとつきあっても、何も進歩ないじゃない。悪いけど、今私が得たものは、氷コーヒーだけだよ。」

私は笑った。はじめちゃんは笑ってから言った。

「でも自然な感じで、私から見たらなんだか歴史がある感じがして、じんときた。あの新しい彼に差をつけようとしてしゃべっているんじゃなくって、ほんとうに普通に口から出てきた言葉ばっかりで、まりちゃんもすごく自然で、なんか、よかった。いいものを見た。」

はじめちゃんは言った。

「やめてよ、腐れ縁に意味を感じちゃう。」

「今はつきあう気ないの？」

「うん、今は特に。大学のときのボーイフレンドとも別れたし、ひとりでいたい。」

「そうかそうか。」

はじめちゃんは特に焼きもちを焼くでも、うらやましがるでも、無関心でもなく、笑顔でそう言った。

「でもわかった。まりちゃんがああいうふうに、自然にしゃべったり笑ったりしてるところを見せられる人が、きっといいんだ。だって、すごくきれいだったもん。」

ねたむでもなく、かんぐるでもなく、私のことを素朴に普通に思いやってくれているはじめちゃんの感じに私はすっかり感動してしまった。これまで女の友達とはいつでもそういうところでつまずいたけれど、はじめちゃんはただ私を私として見てくれていた。

もうひとつ、印象的な大事件があった。

店に電話がかかってきて、このアイデアを大きな会社に売って、チェーン店にしてはどうかと言われたのだ。私の、このちっぽけなかき氷屋をだ。

ちょうど夕方、子供たちがおこづかいを握りしめてやってくる忙しい時刻で、私ははじめちゃんに断わってもらうことにした。

観光客の子も、地元の子も、学校が終わってちょっと遊んでからここにかき氷を食べにくる。そうなることが、南の島でこの店のモデルとなったあのすばらしい店で、女の子たちがかき氷を食べてにこにこしているのを見たときからの、私の夢だった。だから、私はことさらにいっしょうけんめいかき氷をけずっていた。おいしく白く細かくきれいに安定してできるようにだ。

はじめちゃんは私の店のことをうんとよくわかってくれていたので、私がここをチェーン店にして広めたり、もうけようとする気は全くないとよく知っていた。

子供たちはひっきりなしにやってきては「僕宇治金時」「私はパッションフルーツ」「それってすっぱいの？」などとかわいく言い合っていた。そういう声を聞いたら元気が出てきて、疲れも吹き飛んだ。

大人も大切だけれど、私がこの海辺で生涯消えない思い出をたくさんもらったように、もしも私のかき氷が彼らの人生にちょっとだけでも消えない善きものを焼き付けられたら！　そう思うと、うんとはりきってしまうのだ。お母さんと連れ立ってやって来る常連の子もいた。

そして、しゃっ、しゃっと氷をけずっている私の耳に、とぎれとぎれにはじめちゃんの声が聞こえてきた。相手はかなりしつこい様子だった。

私はたまにくすっと笑ったり、神妙な気持ちになったりしてなんとなく聞いていた。

はじめちゃんは、こんなことを言っていた。

「私もまりちゃんも、町おこしとか、環境保護とかに、全然興味はないんです。だから、一部を自然を守るために寄付するって言われても、他のことでもっといろいろ汚したり取りすぎたりする気がして、いやなんです。私たちは、ただ、一日のことを一日分だけする暮らしがしたいだけなの。お金は大好きですけど、ありすぎると、困ることもきっとあるんです。」

はじめちゃん、まるで共同経営者みたいだ、と思ってそんなにのめりこんで手伝ってくれていることが嬉しくなったけれど、最後のところは、はじめちゃんはおばあちゃんのことを言っているんだとわかり、しみじみした。

「はい……はい、それはわかるのですが、私たちみたいな、そういう速さそのものについていけない人たちって、この世にけっこうたくさん、いるんです。ただ、ゆっくりとして暮らしたいだけなので。」

そしててていねいに電話を切っていた。

「なんて言われたか、聞きたい?」

少しひまになってから、はじめちゃんが言った。

夕方でもう蟬の声は「かなかな」に変わっている。それはなんと涼しく清らかな音楽だろう。松林の松たちもやっとひと息ついているようだった。

「いいよ、だいたいわかるから。でもこんな店をまねしたいなんて、笑っちゃうね!」

私は笑った。

「似たようなノウハウでこちらがチェーン展開してもいいんですね、とまで言っていたよ。」

「いいよ、だって、この店は世界にひとつ、ここだけだもの。」

私はすがすがしい気持ちで笑った。私がいるのは、ここだけなのだ。通りすがりの人もいるし、二度とは来ない人もいる、でも、他でもない私に会ってあいさつして、かき氷を食べてこそちょっと休める常連の人もいる。いつだって私はここに座り、流れる汗をバンダナで止めて、毎日似たような男っぽい服装

私の場所

で氷をけずっている。たまには幼馴染の男の子たちや、里帰り中のもと同級生なんかもやってきて、ビールを飲んでちょっといい感じになったりもする。

　ここは世界にただひとつ、私の場所だった。今となっては、はじめちゃんと私の場所と言えたかもしれない。

　氷は溶けるもので、すぐになくなるから、私はいつもちょっとしたきれいな時間を売っているような気がしていた。一瞬の夢。それはおばあちゃんでもおじいちゃんでも小さい子でもお年頃の人たちでも、みんながうわあとそこに向かって、すぐに消えるしゃぼん玉のようなひとときだった。

　その感じがとても好きだったのだ。

　だからそれを少しでも固定させるなんて、とんでもなかった。氷は淡く甘く消える。それがすでに奇跡だった。私はそれが好きだった、ただただ好きだったのだ。はじめのあの細かい白い霧みたいなのが、だんだんかたまりになって、さいごは水になる。でも、みんな甘くおなかに入ってしまう。そんな感じが。

帰り道、柳の木の下に座ってまわりの家の夕餉《ゆうげ》の雰囲気を感じながら、私とはじめちゃんは缶のお茶を飲んでいた。

はじめちゃんが言った。

「ねえ、どうして、お金ってたくさん欲しくなるのかなあ？」

「それはやっぱり、まず、放っておいてもたくさんお金が入ってきた人っていうのがいるわけでしょう？　もともと土地を持っていたとか、いっしょうけんめい働いたら、なんだかお金が入ってきたとか。」

「うん。」

「それで、そういう人を見て、うらやましい、どうやったらああなるのだろう？　と思った人がいるわけでしょう？」

「そうだよね。」

はじめちゃんは重い「そうだよね」を言った。はじめちゃんのおばあちゃんの遺産を求めて、たくさんの人が押し寄せたのだから。そのできごとははじめちゃんがおばあちゃんを好きだった分だけ、はじめちゃんをふみにじった。細かい話はどうしても話してはくれなかったが、はじめちゃんの言い方や目の感じを見たら、はじめちゃんがどれほどふみにじられたかはよくわかった。

「でも、使えないほど手に入れて、どうするの？　お墓の中に持っていけないでしょう？」

はじめちゃんは続けた。

「子や孫に遺すとか？」

私は言った。

私は昔からその日の分しか考えなかったのに、けっこう楽しく旅行に行ったり、こんなふうにうまく店を持ったりできたので、あまりお金のことを考えはしなかった。この田舎町では全く知られていなかった飲み物エスプレッソが全然売れなくて、わざわざイタリアから個人輸入して買っていた粉が大量に余ったときはちょっとまいったが、ひょんなことからエスプレッソにミルクを入れたり砂糖を入れたりして飲むのがおじいさんたちの間ではやりだし、ゲートボールの帰りに寄ってくれるようになった頃に、解決していった。

解決ってほんとうに面白くて、ちょうど「これはもうだめかも」と思った頃に必ず訪れる。「絶対になんとかなるだろう」と思うことをやめず、工夫し続ければ、なんだか全然別のところからふと、ばかみたいな形でやってくるものみたいだ。

私も開店以来一杯も出なかったエスプレッソのことで「どうしようかなあ、薄めて出すかなあ」などと頭を悩ませていた矢先に、ゲートボール帰りのおじいさんたちがぞろぞろとかき氷を食べにやってきて、中の元漁師の最も田舎くさいおじいさんが「新婚旅行はナポリに行ったんだよ、懐かしいなあ」などと言い出すなんて、絶対に予測できなかった。

そのとき、私はさすがに開店からの疲れが体に出ていて、すごく弱気になっていたので、普通に考えればなんでもないことがうんときつく感じられたのだろう。

別に固執していたわけでもなくって、むぎ茶もばんばん出していたにもかかわらず、なんとなくエスプレッソを出している自分が都会っぽくいやらしく感じられ「私はおいしいと思ってるから出してる」という基本も忘れそうになっていた。松林に射す陽も暗く見えた。

でもそこに、まるでマンガのオチみたいに、そのおじいさんが現れ……まわりのおじいさんたちも「苦い」「うまいな！」「目が覚める」「健康にいいかもしれん」「ミルクはないかね」などと言い出して、なんとなくゲートボールのあとにはかき氷かエスプレッソというのがかっこいいこととして定着した頃から、なぜだか世間でもエスプレッソがはやりだして、けっこう注文が出るようになった。

そういう感じを、私は信じていた。結局意識だとか、意図だとか、そういうものが波みたいに人生を動かしているということを。

「でもさあ、今って、土地を遺されても固定資産税が払えなくて物納したりするじゃない？」

はじめちゃんがいきなりむつかしいことを言った。

「そ、そうなんだ。」

私は言った。

「そういうこと、全然詳しくないけど。でも、お金を嫌いなわけじゃない。六人分いっぺんに入るエスプレッソマシンが欲しいなあとか、思うもん。ただ、店は自分の手が届く範囲でないと、この手作り感覚が大事だし……必要以上にあっても、結局遊んでいるひまもあまりないから使えないし。あ、でもオフシーズンにシチリアに旅行に行って、イタリアのかき氷グラニータをおなかこわすまで食べようと思って、貯金はするんだ。」

「すごい、そんなこと夢みたいでしょう。まりちゃんにとって。」

「はじめちゃんも行こうよ。」

「うん、そこまでかき氷を愛してるかわからないけど。」

「他に見どころはたくさんあるよ。かっこいい男の人もたくさん。」

「もちろん行きたいって。私も貯金する。でも、それって、そんなにたくさんのお金をためなくてもいいことだよね？」

「うん、どうせ貧乏旅行だし。だから、私は一生そんなにたくさんは必要ない。

だからチェーンになんかしなくていい。私のスピリットが薄まってしまう。逆に、そうやって広めたいという気持ちがわからないし、私がお金がありすぎたら落ち着かないように、お金がないと落ち着かない人生が想像できない。でも、やっぱりお金は好き。自由を手に入れるために必要なすてきなものだと思う。」

私は言った。はじめちゃんも首をかしげて言った。

「よーく、考えよう。お金は大事だよー。」

「それ、どこかで聞いたフレーズだね……。」

「うちのおばあちゃんは、植物の苗を買うときだけは、すごい贅沢だったなあ。無駄には買わなかったけど。家の中にもあまりものを置かなかったし、洋服も大事に着るタイプだったわ。あと食材にはかなりお金をかけていたけれど、離れたところからの取り寄せなんかは、やっぱり苗以外はしなかったかもしれない。あと、私の彼氏も基本的にはボランティアだけれど、全くの無償では絶対に行動しない。それは自分の教える能力にも教えられるほうにもかえって失礼なことだと思うって言って、スポンサーになってくれる企業とか、いつも探している。でも向こうではもちろん報酬よりうんと多く働いているらしいけどね。」

　はじめちゃんはしみじみと言った。私はうなずいた。

「筋が通っている人たちだね。」

「だって、いっぱいお金が入ったら、なにができるの？」

「今よりも広い家に住んで、欲しいものが買えるんじゃないの？」

「そうだよね、そういう感じだよね……。」

「携帯電話もかけたいほうだいかけることができるし。」

「うん。でもそんなにかけるところある？」

「私は友達が少ないから、ない。」

「でも好きなところには住みたい。」

「そうだね……家族がいて、やることもたくさん普通にあって、この世に全くひとりでせっぱつまって立っているって感じじゃなかったら、みんなさほどお金は必要ないんじゃないかなあ。人生で何かが足りなかったり、愛情に問題があるから、お金が大問題になるんじゃないかな。」

「私たちにはわからないことかもしれない。おかしなことがたくさんあるし、いろいろな人がいすぎるもの。できればなんでもかんでも得したい、ってみんな思っているようだし。」

私は言った。

「でもさ、どうしておじいちゃんの代が住んでて、お父さんの代も住んでいた家に、その後の子供たちが住み続けられないなんてことがまかり通っているんだろう？　私、もし自分が住んだところを子供にあげられないんだったら、死ぬとき、すごく残念だと思う。自分が遊んで使い果たしたっていうならまだしも、ただ遺すだけでもだめっていうことになることがあるんでしょう？　わけがわからないよ。そんな状況だったら、人は死ぬとき、どこに気持ちを持っていけばいいの？」

「変だよねえ。私のおばあちゃんも『私が死んだらやっかいなことになる、書類ではかばいきれないかもしれない、ごめんね』って、死ぬまで気をつかっていたわ。そして、宝石類とか、現金をこっそりとお母さんにあげたりしてた。病気なのに。他にしたいことがいっぱいあったのに。」

「私たちがばかなのかなあ？」

「ばかでもいいよ、でもばかなりに、あたりまえに、静かに暮らしたいね……。」

　はじめちゃんは言った。顔を下に向けて川の流れを見ながら。私は、はじめちゃんが泣いているのかと思った。でも、違った。はじめちゃんは小さい声で言った。

「まりちゃんは、いつも黒く焼けて、行動的で、考えもさっぱりしてて、いいな。まりちゃんといると、いろいろなことが別によかったんだ、と思える。」

「そ、そう？　ありがとう……？」

　急にどうしたのかと思って私は言った。はじめちゃんは言った。

「今の話のとおりなの。昨日電話したら、おばあちゃんが住んでいた家、今はうちのお父さんとお母さんが住んでいるんだけれど、おじさんに取られちゃうことになっちゃったんだ。」

「なんで？　看取ったのははじめちゃんのお父さんとお母さんなのに？」

私はびっくりした。じゃあ、はじめちゃんは今住んでいるところを追い出されることになるではないか。しかもおばあちゃんははじめちゃんのお母さんのお母さんだから、つまり何の関係もない家に、自分の住んでいるところを投げ出して入っていっしょに住んでいたはじめちゃんのお父さんの優しさが、何にもならないではないか。別に家が欲しかったわけではないとわかっていても、やっぱり今住んでいる、住み慣れた家を出るのはかわいそうではないか。

「遺言状のアラを探して、裁判にかけるとか言い出したらしいの。すごい欲深い嫁がいてさあ。ああ、人を悪く思うのはいやだなあ。それで、うちのお父さん全然欲がないから、いいよいいよって、おばあちゃんの持っていた土地の中でもいちばん小さくていちばん不便な網代《あじろ》の別荘をもらって、そこに住むことにしたんだって。」

「なんだか、立派なお父さんだね。」

「うん、いつも損してるけど、気が弱くて、戦わないし、こだわりがないし、どこでも幸せを探せるタイプ。私もお母さんもそれによく振り回されて腹がたつこともあるけれど、憎めないし、結局理解するんだけれど。そういう人って、ドラマの中にしかいないわけではなくて、ほんとうに、ちゃんと存在するんだよ。きっと網代の家で、通勤も苦労して、でも土日は釣りをしたり、趣味の工芸をしたりして、嬉しく過ごすことがお父さんのせめてもの復讐なんだろうなあ。でも、きっとお父さんはちゃんとそうやって楽しくできるし、その家で死んでも悔いがないっていうくらい、ちゃんと海の景色や干物やきれいな空気を楽しめるんだよ。私そういうお父さんの娘だということが、ほんとうに誇らしい。がつがつしてない男の人って珍しいし、だからこそすばらしいと思うんだ。」

はじめちゃんは言った。

「ただ、おばあちゃんの家を欲しがっているその長男の夫婦が、家をこわして三つの土地に分けて売るとか言い出してるの。いちおう、心ある他のきょうだ

苗

柔らかく揺れた

いが止めてはいるみたいなんだけれど、権利を手にしたら、その人たちは絶対にやるだろうねえ。」

はじめちゃんが言った。

「私は他のことはどうでもいいけど、おばあちゃんの家がこわされるのがちょっとつらい。もうおばあちゃんが帰ってくるわけじゃないから、家があっても仕方ないんだけど、でもこの世から急になくなるっていうのが、まだ受け入れられない。そしておばあちゃんの柿の木だとか、つつじだとか、あじさいだとか……そういうのがないがしろにされているのが、つらいの。」

そう言って、はじめちゃんはひざをキュッと抱えた。

思い出が重すぎて、家のすみずみが懐かしすぎて、体を縮めてしまったというふうに。

柳がさわさわと、まるではじめちゃんをなぐさめるみたいに柔らかく揺れた。

「でも、その人たちはその人たちなりに生きて死んでいくと思うけど、大した人生じゃないよ。大した人生にしようとしなかった人生なんて、私、興味を持てない。私に興味を持たれなくても、その人たちにはなんでもないと思うけれど、そうやって人を傷つけて得たものって、きっと小さなしみみたいに人生につきまとうよ。どうせはじめちゃんの家族のように誇り高い人生にはならないから。」

私は言った。

「うん、どんどん流れていくしかないから、別に私はいいの。おばあちゃんも、そう言っていた、いつだって。ものにこだわらないで、今日一日に感謝して寝れば、どこにいても人は人でいられるって。やけどのことも、おばあちゃんは私がこうなったことよりも、生きていることが嬉しかったってほんとうの本気でいつでも言ってくれた。だから、子供の頃、人にどんな目で見られても、私はゆがまなかった。だから、私はどこに流れてもいいんだ。そこでいいふうにしていくから、そしてどんどん思い出を作り続ける。それで、死ぬときは、持ちきれない花束みたいなきれいなものを持っていくの。」

「それにしても、腹はたつね。私だったら、お父さんみたいには黙ってはいないかも。いやみのひとつも言って、呪いでもかけて、悪口を言いふらしちゃうかも。」

「人が腹をたててくれると、それだけでなんとなく嬉しいものだね。」

はじめちゃんは言った。

「木はさ、絶対に植え替えてもらいなよ。はじめちゃんの新しいおうちにね。」

「うん、絶対にそうする。だっておばあちゃん、毎日植木の世話ばっかりしてたもん、帽子をかぶって、取り寄せた苗を植えて、植物の育ち方に一喜一憂しながら、いつだって庭にいた。」

はじめちゃんは言った。

「なんかね。」

私は言った。

「環境保護とかいうと、どうしてもサバンナとか熱帯雨林とかが浮かんでくるように、私たちは仕向けられているでしょう？　身近なものに目を向けられると困る誰かから。」

「うん、わかる。そうだと思う。」

「でも、ほんとうは、そういう小さな痛み……おばあちゃんの木を残したいとか、そういうくらいのことだけしか、私たちには背負えないんじゃないだろうか。人ってそんなに遠くのことを心配するように壮大にはできていないと思うの。もちろんはじめちゃんの彼みたいに、縁があって遠くの国の子供のために働いてる人は別だよ。私の言っているのは、普通の、一生国から出ないような人の話ね。たとえばこの目の前の海には、ほんとうに昔はもっともっとたくさんの生きた珊瑚がいたんだよ。そこはまるで森のようで、海草が茂っていて、小鳥が飛び回るみたいに、いっぱいの魚がいたの。でも、今はいない。そのことが、私はただ淋しいし、どうしても受け入れることができない。」

はじめちゃんはうなずいた。

「もしも時代の流れでなくなっていくのなら、それはそれで意味があることだと思う。でも、新しくかわりにやってきたものが取り替えるにふさわしい意味のないものだったら、私はいやなの。電気や、水道や、病院や、そういうものだったら、きっと受け入れただろうと思う。でも、やってきたものは実際に海を汚すリスクをおかしてまで得るための価値のないものだった。だから、私はかき氷屋をやっている。」

私は続けた。

「たとえば、私のかき氷屋があまりにもすばらしすぎて、ある日、誰かが私を殺そうとしたり、私を犯して火を放ったとしても……。」

「まりちゃん、それはなかなかないと思うよ。ＴＶの観すぎだよ。」

はじめちゃんは笑った。

「たとえだってば。それでも、みんなの気持ちからここにかき氷屋があったことが消えなくて、ここを通るとふっと私のことやかき氷やエスプレッソの味を思い出してくれたら、私はここでしたかったことをしたことになって、それが私がこの町の自然に対してしたことでもあるの。ここにただ純粋な、愛をのこしたこと、それだけで。」

はじめちゃんはうなずいた。

「うちのお父さんとお母さんはよく、人から甘いって言われる。でも、多分、私がおばあちゃんの木をもらおうって言ったら、絶対にうなずくと思う。そのことには手間もお金もかかるけれど、それで、何かのこるべきものをのこしたということになるから。新しい家で、それが私の孫の代まで育ち続けてくれたら、そんなの小さな手間だと思う。でも、がーっと掘って、がーっと切って捨ててしまったら、もうそれまでのことなんだもの。そういう話が多すぎる。私のまわりは最近そういう話ばっかりだった。死んだときおばあちゃんがしていた指輪まで一瞬でお金に換算されていたもの。すごく遠い親戚の人がお通夜にかけつけてきて『あの指輪、どうしたのかしら』って無言だったけどあからさまにそう思っていたのがわかる目でおばあちゃんの手を見ていて、私、ぷっと笑ってしまったもの。これまで見たものの中でもそうとうくだらないものだったわ。私、そういうのがいやだったから、亡くなってすぐにこっそり遺体からはずして、持ってきちゃった。今も、私が首からかけてるの、ほら。」

はじめちゃんは革ひもに通した、びっくりするほど大きなひすいの指輪を見

空は高い

せてくれた。

「そんなまねをするのはすごくいやだったけど、他の人がそういう目で見るのはもっといやなんだもの。」

「おばあちゃんは、はじめちゃんがそれを持っていることを絶対喜んでるって。」

「うん、私もそう思う。いつかあげるからってずっと言っていたし。」

今となっては、はじめちゃんは私の人生に欠かせない人物だった。

「ずっとはじめちゃんがここにいればいいのに。」

私は言った。もう空は高い。秋が来てしまうし、はじめちゃんは法事で戻らなくてはいけない。

「まりちゃん、私はやけどのことでうんと甘やかされて育ってきたし、わがままで人のことを気にしないところがある。私をじゃまにしないでくれて、いろいろよくしてくれてほんとうにありがとう。」

「うんと楽しかったよ。」

私は言った。そうか、自覚はあったのか、さすがはじめちゃんだと感心しながら。

もともとひとりが好きな私が、この、都会育ちのお嬢さんとずっといて、うとましく思うことがなかったと言ったら嘘になる。

はじめちゃんはわがままで繊細すぎて甘えん坊で自分の思うようにしか動かないのに、いつでも私にくっついてきてもちろんうっとうしかった。さらに、今調子の悪い時期だから、その性格の重いところがうんと強調されていて、私はたまに彼女といると、重い荷物を持っているような感じがした。

でもはじめて会ったとき、温泉で見た背中のごつごつした骨や、車の中で音楽を聴きながら、どこにも寄りかかるところのなかったはりつめた様子や……そういうものを思い出したら、いっぺんにそんなもやもややイライラは吹き飛んだ。

「私、網代に越してくるから、そうしたら近いからすぐに来れるよ。毎週末でも手伝いにくる。それに、夏は毎年ここで過ごすことに、したいんだけれど、迷惑かなあ。」

　はじめちゃんは言った。

「全然迷惑じゃない。」

　私は言った。

「かき氷屋さんを手伝うのは、大好き。応援したいし。」

　はじめちゃんはにこにこして、そう言ってくれた。

「私はずっとひとりが好きだし、がさつで人の心を思いやらないところがあるし、子供っぽいとわかってる。」

　私は言った。つまりはお互い様ということなのだ。人といるということは、いつだって。

　川の水がさらさら流れて、海へと続いていた。今日は波が高くて、白い三角がたくさんたっている。夕陽はもうすぐ水平線に沈みそうだった。これから家へ帰って、母の作った焼き魚か何かを食べて、またいつもの一日が終わっていく。

「はじめちゃんはとても大人なのに、よく仲良くなってくれたと思う。」

「まりちゃんは自分のすごさを知らなさすぎる。まりちゃんは人なのに、まるで山のよう。そして私のやけども、すぐ、自然を見るような目で見てくれた。まりちゃんは何でも実現させる堂々としたものを持っている。でも、まりちゃんのすごさをまりちゃんはいつまでも知らないでいてほしい。」

はじめちゃんは笑った。

「私がまりちゃんを尊敬してるってわかってるくせに、こんなこと言わせるところだけ、嫌い。」

「ごめんごめん。」

ふふふ、と笑って私は言った。


時期には決して逆らえないということがある。

砂がざらざらして、光がぎらぎらして、海草が体にぐにゃぐにゃからみついたり、いろいろなことがある海。海に入ってはいけないときが来るまで、私たちは毎日のように海に入っていた。入ってはいけなくなるのは、とんぼがたくさん出てきて、空が高くなって、雲の形が変わり、夜風が涼しくなって、くらげがたくさん来るようになったときだ。

そうしたら、どんなに泳ぎたくたってあきらめなくてはいけないのよ、と私ははじめちゃんに言った。

なのに、はじめちゃんはその日、ちょっとだけ水に入ってくると言い出して、海に入って、案の定くらげにさされて熱を出した。

「だから言ったじゃない、もう泳ぐのは無理だって。」

私は言った。氷を氷嚢《ひょうのう》に入れて、タオルで巻いて冷やしていたけれど、はじめちゃんの手は赤く鞭《むち》で打たれたように腫《は》れて、熱を持っていた。

「だから都会っ子は困るよ。」

と私が言っても、はじめちゃんはあまり苦しくなさそうににこにこ笑っていた。

「くらげにさされたの、はじめて。」

そして続けた。

「さいごのさいごにさされたんだよ……それに、それまでの気持ちの感じと言ったら、すばらしいものだったわ。」

「くらげにさされてすばらしいなんて、私は思ったことないなあ。」

私は言った。私にとってくらげは、もう夏の海が終わるしるしの忌々《いまいま》しいものだった。

はじめちゃんはひき続きうっとりとして言った。

「こわいと思う気持ちが、ひとかきひとかきをいっそう研ぎ澄ませて、まるで祈りのような泳ぎだったんだもの。何かに勇気を出して静かに入っていくみたいな。」

「変な奴。単にくらげの海に入っていっただけだよ。」

私は言った。

「でも、私は海にありがとうって言い忘れたから。この間泳いだとき。」

はじめちゃんは言った。

「ああ、それは私もいつも言う。夏が終わって、さいごに、海から上がるとき。」

私は嬉しくて思わず顔が笑ってしまった。また同じところを見つけた。

……今年も泳がせてくれて、ありがとう、今年もこの海があってくれて、ありがとう。そして来年もこの場所で泳ぐことができますように。

さいごのひと泳ぎをするときにはいつでもなごりおしくて、いつまでも海の中にいたいけれどもう陽も暮れそうだし、仕方なく上がる。なんだかぬるい水まで、体にまとわりついてくるようだ。体と魂の一部が、海に溶けていってしまったようだ。足首くらいまで上がったとき、やっとあきらめがついてちょっと切ない気持ちがのこる。

「そうなの？　まりちゃんも言うの。」

はじめちゃんは言った。

「ありがとう、今年はじめて来ました。またここで泳がせてください、って海にも向こうの山にも、お祈りしたよ。だから、くらげにさされても全然痛くなかった。お祈りを忘れたら、一年間何か忘れてたような気になるように思えて。」

「うん、そうそう、何か忘れたような感じがすると思う。」

「なんでそう思うんだろう。」

「やっぱり少しだけ、畏《おそ》れているからじゃないかなあ。」

「まりちゃんでも、まだ海が怖いの？」

「こんなにのどかな湾でもたまに亡くなる人がいるからね。海に入るときは、なにが起こるかわからない気持ちで入りなさいって、いつでも言われた。だから一年無事だと、感謝したくなる。私は、海の後ろの山にもそういうふうに思う。なんだかここの海に入るときは、あの山に守られているようなあたたかい気持ちになる。」

「私は、こんなふうに海で泳ぎ続けたことなんか、なかった。だから、思い出をくれただけでも、感謝したかった。」

はじめちゃんは言った。

「きっと昔の人は、自然に対して、こんな気持ちだったのかもね。」

熱を出しながら、はじめちゃんは笑った。

「私たちは、今年、ちゃんと、海のふたを閉めたっていうことなのかも。」

私ははじめちゃんがいつ泣いているのか、知らなかった。

たまに泣きはらした目で朝起きてくるので、ああ、きっとたくさん泣いちゃったんだな、と思った。つとめて普通に接していたけれど、愛する人が死んですぐの夏に、普通でいられる人なんかいない。

私もおばあちゃんが死んだとき、一ヶ月くらいいつだって涙が出た。

ある夜、眠れなくてふとはじめちゃんは起きてるかな、と思ってはじめちゃんの部屋をノックしてみた。明かりがついていたからだ。

すると、はじめちゃんの泣き声が聞こえてきた。苦しい、しぼりだすような声だった。

そういえば、はじめちゃんは何かをこらえているように、晩御飯のときも体を固くして、目は遠くを見ているようだったなあ、と私は思い出した。

そっと部屋に入ると、はじめちゃんはぐっと体を丸くして泣いていた。体にすごく力が入っていて、そんなにがまんしなくていいのにと思うくらいに、声をひそめていた。

「熱いお茶でも持ってこようか？」

と言うと、はじめちゃんは苦しそうに、やっとのことでうん、とうなずいた。お茶をいれて戻ってくると、部屋には電気がついていて、はじめちゃんはもう落ち着いていた。目が真っ赤で、腫れふさがっていた。

「ごめんね、驚かせて。もう、泣くのが時々発作みたいに襲ってくる。目の下に涙のかたまりができるようなの。」

「驚かないよ、あたりまえだよ、あたりまえのことだって。」

私は言った。

「何が悲しいとかいうのではないんだけれど、時々『ああ、おばあちゃんってもういないんだ』と思うとおかしくなってきちゃうの。空気が薄くなるような感じがして。それで、なんだかわからないけれど、去年いっしょに行った秋祭りのこととか、まるで映画を観ているように、思い出すのが止まらなくなっちゃうの。」

「それも、うんとわかるよ。」

「別に特別楽しかったわけでもないのに、全部、細かくよみがえってくるの。おばあちゃんといつものように腕を組んで、神社の敷石の間の泥をふまないように気をつけながら、歩いた一歩一歩が見えてくるの。ふうせんの色の感じとか、ソースを塗っただけのおせんべいの味とか、あんずやみかんが入った水飴だとか、全部がしっかりとよみがえってくるの。」

「うん。」

「家に着くと少しほっとしたような淋しいような感じがして、秋の冷たい風が窓からひゅっと入ってくる感じだとか、思いのほか歩いていて足がだるくなっていたこととか、おばあちゃんがいれてくれたお茶の苦さだとか……そういうのを、甘い飴をなめるみたいに、大事にくりかえし思い出している自分がいるのよ。」

「うん。」

私はうなずいた。

「いつか、ほんとうにいいこととして思い出せる日が来るんだろうか。今は、ただ苦しくてつらくて、思い出がすぐそばにある感じがしてますます苦しい。」

はじめちゃんは言った。

「今がいちばんつらいときかもしれないから、いっぱい泣いて。遠慮なく。疲れたら、お店なんて手伝わなくていいから。今は、私は大丈夫なときだから、全然いいよ。手伝ってもらう気なんてそもそもなかったんだから。」

一度働くと決めると、律儀に働くはじめちゃんが倒れやしないかといつだって心配だった。

この町の人ははじめちゃんのやけど跡にぶしつけな言葉をかけたりはするけれど、わりとあたたかい感じだった。それにしても、そのあたたかさとは別に、客商売とはそういう意味ではとてもつらいものだ。人前に毎日出るのは、見た目が普通の人にさえ弱っているときにはほんとうにきついものだ。

「うん。」

はじめちゃんは言った。

「ほんとうにだめそうなときは、休むね。」

「そうそう、そうしてよ。」

「今日、まりちゃんの部屋で寝てもいい？」

「いいよ、狭いけど。」

私はふとんをよっこいしょと運び、部屋の床のゴミをどかして寝床を作った。

私は疲れていたからすぐに寝そうだった。でも、暗闇の中ではじめちゃんの泣く声はもう聞こえず、私の部屋に来たことで安心して、ぐっと深く寝たようだった。なくしたもので頭がいっぱいになっているときに、誰かがふと部屋に入ってくる、そういうきっかけって大事だよなあ、と私は眠りに落ちる直前に思った。

おばあちゃんが死んだときはずっと部屋で泣いてばかりいたけれど、手伝いに来ていた親戚のおねえさんが車で連れ回してくれて、その人がげらげら笑うたびに、ちょっと私も笑うことができたからだ。一日一回笑えると、大丈夫という感じがしたものだ。

私ははじめちゃんとおばあちゃんの関係を知らない。だからその悲しみの質を想像することなんかできない。ただ、さっきのはじめちゃんを見たら、どれほどのことを彼女の心と体が処理しようとしているかはよくわかった。

絶対に受け止めたくないことをふんばって受け止めようとしている、はじめちゃんのその戦いに力を貸してあげることはできても、代わってあげることはできない。

はじめちゃんのおばあちゃんははじめちゃんにいつまでも、思い出のある家に住んでいてほしかっただろう。そのくらいのこともかなわないのを、私にもどうにもしてあげられない。法律に詳しければ、ずるい考えの人でもそれなりのものを手にすることができたりするし、はじめちゃんのお父さんとお母さんは社会のすみっこでなんとか生きていくしかないのかもしれない。おばあちゃんのお金はますますどうでもいいことにどんどん使われ、はじめちゃんの家族は今までどおりにつつましくあるのだろう。

そういうことみんなを、はじめちゃんはどしんと受け止めようとしていた。怒りが何回もはじめちゃんの体を焼いては、また静まっていくのを見るしかできなかった。はじめちゃんがあきらめていったものの尊さを、見ていてあげるしか。

でもこの夏、私がいないよりはいたほうがよかっただろうと胸を張って言える、それが私の財産だった。

そして朝起きると、はじめちゃんがふとんから起きて、何かを手にしてじっと見ていた。

寝ぼけながらも見ると、それは私が電話の脇のメモ帳に描いていた変な生き物の絵だった。

私は昔から、変な生き物を描くのが大好きだった。海のものとも山のものともつかないような、わけのわからないもの。目があったりなかったり、草のようだったり、宇宙人のようだったり、まつげが長かったり、しっぽがあったり、そういうものの絵を描きまくってストレスを発散していたものだった。

私は一人っ子の上に友達が少なくて、小さい頃からひとりでいることがとても多かった。だから友達を作って遊んでいたのだろうと思う。それぞれに性格みたいなものがあったけれど、名前はつけなかった。その人たちはその人たちの国に住んでいて、私はただのぞかせてもらっているという気持ちだった。ちょうど、海の中を水中眼鏡でのぞき込んで、海の生き物の生活をのぞかせてもらっているという感じだったのだ。

だから、勝手に思い入れをしたり、擬人化したり、その人たちの生活を乱してはいけない……それもまた海の生き物の感じと同じで、そういう意味では、まさにスケッチしていただけだし、それらは生きていたのだ。

「はじめちゃん、何見てんの。恥ずかしいよ。」

私は言った。

「すごい、なんだかわからないけど、この子たち、生きてるね。」

はじめちゃんは真剣な目で言った。

ほんとうの友達というものは、ほとんど全部を一瞬でつかみとってしまうものだ。それは真剣勝負で、全く嘘のない世界だ。

たとえば「すごくかわいいね、まるで生きているみたい」と誰かが優しい笑顔で言ってくれても、私は嬉しくは思っただろうけど、今みたいに胸の奥をキュッとつかまれたようにはならなかっただろう。

私がどの程度もぐっていっていて、どのくらい孤独で、どのくらいのことをひとりで心がけているか……友達にはそういうことはみんな伝わってしまうのだ。

「なんか、私、この子たちの住んでいる世界を、知っている気がするの。」

はじめちゃんは言った。そういうことを言っているときのはじめちゃんはちょっとこわく見えた。やけどの跡が暗い直感を光らせている彼女の魔女的なムードをいっそう鋭くきわだたせた。

部屋

この子たち

ひと夏の恋

そこから見ると

「きっと、淋しい子供たちが、みんな訪れる次元なんだわ……。」

はじめちゃんはつぶやくように、そう続けた。

そして、その言葉を口にした。

「私、これを立体にしてみてもいい？　私、ぬいぐるみを作るのが好きなの。」

私はびっくりした。

「いいけど……そんな、わけのわからないものを？」

「うん、私、これが作ってみたい。」

はじめちゃんがそんなにきっぱりと何かをしたいと言うのを、はじめて聞いたので、私は嬉しく思った。連れられていって感心したり、受身で仕事を手伝うのではなくて、自分でしたいと言い出した。それが私の絵を立体にするというおかしなことであっても、すごく嬉しくて私まで活気が出た。昨日泣いていたはじめちゃんを見たショックさえ、少し和らいだ。

次の日から、はじめちゃんは海にも入らず、熱心に貝のかけらを拾い始めた。

見ているほうが頭が痛くなりそうなくらいに深く集中して、一日浜にいるようだった。

私はかき氷を売りながら、目の前の浜にかがみこみ続けるはじめちゃんを眺めていた。

短い髪の毛がほほをかくして、小さい手で浜を探る様子は、潮干狩りをする小さい子供みたいに一心不乱に見えた。

私は午後の休みに入るとき、差し入れのかき氷を持って、浜に出て行った。

はじめちゃんはふらふらしながらやってきて、みかんのかき氷をしゃりしゃり食べながら、貝を見せてくれた。

「貝ならなんでもいいっていうわけじゃないから、大変。」

とはじめちゃんは言った。

波にけずられて丸くなったり、細長くなっていたり、磨かれてぴかぴかだったり、みんななめらかなきれいな形になっていた。

「何にするの？」

「ぬいぐるみに魂を入れるの。」

はじめちゃんは真顔で言った。

「だって、生き物だから、骨があるでしょう。」

なるほど、と海を見ながら私は思った。

確かに珊瑚とか貝は骨に似ている。そして生き物には骨がある。気味悪いような感じがするけれど、もっともだ。

真顔でそういう行動をしているはじめちゃんは変だけれど、すごくしっかりした、確かなものに見えた。

こういうものの見方を、私は確かに子供の頃、もっと持っていたと思う。毎日のことや人の目に押されて、いつのまにか少し薄らいでいたかもしれない。でも、はじめちゃんはそういうものを、大切に持っていなくてはいけない人生だったのだ。

私は、はじめちゃんのそういう厳しさを尊敬していた。だから、彼女といるときは、そういうことを思い出すために降りていこうと思った。低いところへ、ではなくて、そこから見ると物事のほんとうの姿が見える、その地点までということだ。

「アフリカのどこの部族だったかな。」

はじめちゃんは、選び抜かれた貝と珊瑚のかけらを大切そうにみがきながら言った。

「それは前にそこに勉強を教えに行った彼から聞いたんだけれど、女の子が生まれると、木彫りの男の人形をひとつ与えるんだって。それで、女の子は結婚する日まで、ずっとその人形になんでも相談して、友達になるんだって。何か困ったことがあると夢に出てきて解決法を教えてくれるし、悪い霊からも守ってくれるんだって。私、そういうぬいぐるみを作ろうと思うの。」

「すばらしいけれど、どうして私の落書きからそんな大それたものができるわけがあるの？」

「だって……すばらしいもん。あの生き物たち。まりちゃんがかき氷でせいいっぱいだから、私がその仕事をする、そう決めたの。ちゃんと売れた分、お金は払うからね。」

「いいよ、そんなの、ただで。」

「ううん、ちゃんとするよ。私、これをこれから生まれてくる子供へのプレゼントとかお守りにしてもらうことにして、店舗を持つにはお金がかかりすぎるし量産できないから、送られてくるまで実物を見ることができないことを楽しめるように、ネットで売ろうと思うんだ。」

「すごい、そこまで考えてるの？」

「うん、そうだよ。まりちゃんにかき氷があるように、これが私の仕事だと思った。」

「でも、誰が買うの？」

「骨もあって、魂もこもっていたら、それに私がちゃんと質が高いものを作り続けていれば、買う人は絶対いるから大丈夫。私は、これって……自然の小さな精霊みたいなものの、姿だと思うんだ。だから、いろいろ考えて、その子に合う人形をちゃんと選ぶシステムを作って、贈り物としてお母さんや親戚の人やおばあちゃんや友達が買えるようにする。もちろんそんなに高くなくて、そして、軽々しく捨てられないようないろんな説明をちゃんとつけて、ずっとその家にいてもらえるような。」

「そうは言っても、ぬいぐるみなんて、大人になる過程でみんなぽいと捨てるものだよ。」

「それは役割が終わったってことで、いいのよ。でも中には一生持っていてくれる人もいるかも。」

「でも、誰が買うのかなあ……。」

「定期的に、雑誌とか新聞に売り込んで、記事にしてもらうよ。」

はじめちゃんがどうも本気なようだ、とそれを聞いてはじめて実感した。

「してくれるかなあ。」

私はたずねた。

「はじめは、知り合いに頼んでみる。それに、私のこの見た目があれば、いちおう取材はしてくれると思うから、絶対に大丈夫。」

はじめちゃんはきっぱりと言った。かなり具体的に計画をたてているのがわかったし、決心のほどもうかがえた。

「ネットで売って口コミで、って言っても、考えが甘いと成り立ちはしないものね。やっぱりどうしても人に知ってもらうきっかけは必要だ。」

私は感心した。

「そんなにお金はいらないもの。」

はじめちゃんは笑った。

「それに、うちはもうつつましく網代の山の上で暮らしていくしかないもの。お父さんもすぐに定年だし。まりちゃん遊びに来るときは肉持ってきてね。」

「肉？」

「裏の畑で野菜を作るってお母さんが言うから、野菜はあると思うし、網代だからまあ、干物とかは安くあるでしょう。でも肉が足りなくなるかもって思って。私はふたりを手伝ったり、ぬいぐるみを作って、つつましくしているから。」

「わかった、肉たくさん持って、運転していくね。」

私は笑った。

はじめちゃんの手の中で、光にさらされて、この海から上がったその骨たちはどんどん力をつけていくように見えた。


私の新しい恋はさっぱり進展しないまま、ちょっと気に入っていた彼は観光客をナンパしてひと夏の恋をして、帰っていってしまった。

そして、私の昔の彼は、何回かほんとうにうちの実家の模様替えを手伝ってくれていたそうだ。ある夜、私とはじめちゃんが帰ったら、うちでごはんを食べていた。

「はじめちゃん、もうすぐ帰っちゃうんだよ。」

と言ったら、彼は浜で焚き火をしようと言った。

「俺がいれば、ぶっそうじゃないし。」

そして、弟を呼んで手伝わせて、火を起こしてくれた。

「君、火がこわいっていうこと、ないよな？」

はじめちゃんにそう聞くようなところが、泣かせた。

はじめちゃんは首を振ってにこりと笑った。

もう涼しい風が吹くさびれた浜辺には、誰もいなかった。

いくら人が減ったとはいえ、夏はそこここで花火をしている家族連れやカップルがいたものだ。秋は急に来て、昨日までの景色をみんなさらっていってしまう。

火に照らされながらビールを飲んで、いろいろしゃべった。全然色っぽい雰囲気はなく、まるで小学生の集いだったけれど、みんなで歌を歌ったり、ばかなことを言っては笑った。

彼の弟なんかほんとうに生まれたときから知っていた。そこいらで遊んでいるうちに、ずんずんと大きくなっていく様子を遠くから見かけていた。

私にとっては、彼らも大切な風景の一部で、いなくなってほしくないものだった。先のことはわからないけれど、彼が自転車で私の店にちょっと寄ってくれると嬉しく思った。お互いがたとえ別々の伴侶《はんりょ》を見つけ、おじさんとおばさんになっても、そんなふうに寄ってくれるといいと私は思った。

「外で火をたいたの、はじめて。星がきれい。居場所がないくらいに、いっぱい見える。天の川まで見える。」

はじめちゃんは上を見すぎて疲れた首でそう言った。

それにつられてみなが寝転がって、黙って空を見た。暗い空には確かに星がたくさん見えた。浜辺の街灯が消えたら、きっともっと暗くなって星もよく見えただろう。

ほんとうはもっともっといっぱい見えたんだ、と私はまた言いそうになって口をつぐんだ。前はもう、目が痛くなるくらい、隙間がないくらいに星が見えたんだよ。

星はまだ変わらずにそこにある、でも、もうちょっとしか見えない。見えなくしたのはこっちのほうで、星はみんな、絶対にそこにあるんだ。

さいごに焚き火を消して片付けるとき、みんなちょっと淋しくなった。

虫の声の中、家まで送ってもらった。

「ありがとう、ほんとうにありがとう。」

「また、必ずまた。」

打ち解け合ったもの同士がする特有のあいさつを交わして、夏は終わった。


はじめちゃんが帰る日、私は店を臨時休業にして、港まで送っていった。体が涙でいっぱいになったように重かった。明るい浜辺も暗く沈んで見えた。あとは秋になって、かき氷も出なくなるし、何もいいことなんかないように思えた。

はじめちゃんをなぐさめるという名目で、私はどれほど力をもらっていただろうか。

「この船も来年はなくなってしまうんだって。」

私は言った。

「次はバスで来るしかないね。」

「そうか、船っていうのがまたいい感じなのにな。」

はじめちゃんは言った。はじめちゃんのかばんの中はぬいぐるみの骨になる、秘密の貝や珊瑚のかけらでいっぱいだった。

船着場でアイスを食べながら、船を待った。

ここからの帰り道には、もうはじめちゃんはいないのだ。今夜、私はひとりでTVを観るのか。うたた寝から目覚めても、もうはじめちゃんはいないのか。こんなに大好きになるなんて、思っていなかった。こんなに大好きになるとわかっていたら、別れがこんなに悲しいなら、こんな夏、なんであったんだろう。

そんなふうに自分勝手に胸は沈むばかりだった。

船着場から見下ろす海の水はとてもきれいで、魚がきらきら光って見えた。小さなエイまでひらりと泳いでいくのが見えた。見てみて、とはじめちゃんにエイの泳いでいくのを指差して見せ、ふたりで興奮していたら、やってくる船が見えた。

「必ずいろんなこと実現させようね。私、帰ったらもうぜんとぬいぐるみを作り始めるよ。生地屋に行って。できたら、すぐに送るね。」

はじめちゃんは言った。

「看板娘がいなくても、かき氷屋がんばってね。私、落ち着いたらほんとうに毎週手伝いに来るよ。絶対に。」

ああ、目先の淋しさよりも、はじめちゃんはもっと遠くを見ているんだ、と私は思った。悲しくないわけじゃなくて、これまで経験した困難さのせいで、そしてはじめちゃんの生きにくさがそのまま、夢にしがみつく力の源になっているんだ。

「看板娘ってなに、誰が決めたの。」

私は言った。

「あなたはかき氷屋のおやじさん。私は美人の看板娘。」

はじめちゃんがそう言って白い歯を見せて笑ったとき、来たときと同じように高速船がすうっと堤防に横付けになった。

大きな荷物と、思い出をたくさん抱えて、はじめちゃんの小さな体は船内に吸い込まれていき、いつまでも手を振りながら、港を離れていった。白い筋を水面にのこして、船は小さくなっていった。

後にのこった私は、一歩一歩をふみしめながら、浜辺を戻っていった。

私は私の店を作ってゆき、たくさんの人に出会うだろう。そしてたくさんの人を送るだろう。決まった場所にいるということは、そういうことだ。送らなくてはいけない……ゲートボールのおじいさんたち、そして、いつかは自分の親も。自分に子供ができたら、子供がかき氷屋をかけ回り……そういうふうになるまで続けていくということは、全然きれいごとじゃなくて、地味で重苦しくて、退屈で、同じことのくりかえしのようで……でも、何かが違うのだ。何かがそこにはきっとあるのだ。

そう信じて、私は続けていく。

秋になって、メニューも少し変わり、奮発してストーブなんかも入れる手はずを整えて、私の店はひたすらに続いていた。はじめてのことは何事も大変だが、そうやって年を追うごとにこの場所で、私ならではのやり方で、お客さんといっしょに進化していくのだろう。

柳の木は同じように揺れ、川は流れ、海も同じようにきれいなカーブを描いて広がっている。

それでも、何かが少しずつ失われていた。もう失われたものを嘆くのはやめようと何回思っても、やはり考えはいつもそこにさまよっていった。

この夏、はじめに素もぐりをしたとき、私は思ったのだ。

昔からもぐっている同じポイントで……海の底には昔と同じ形の岩があり、まるで建物のように立派な形でそびえたっていて……でも、そこにはもう生きた珊瑚はなかった。魚もいるにはいたけれど、昔みたいに、色とりどりにむせかえるようにはいなかった。ここはまるで廃墟のよう、遺跡のようだった。

遺跡とは、過去のすばらしいものがすばらしさゆえに残っているものだと、私は思っていた。

でも、それは違う。遺跡は、かつて栄えていたとてもすばらしい場所の、残骸なのだ。

もうどうやってもあのにぎやかさは帰ってこないのか？　そう思っただけで、私は悲しくなった。

こんなに多くの何かを失って、得るべきものはなにかあったのか？　より安全になったわけでも、すごく便利になったわけでもない。ただがむしゃらに道を作り、排水を流し、テトラポッドをがんがん沈めて、堤防をどんどん作っただけだ。いちばん楽なやり方で、頭も使わないで、なくなるもののことなんか考えないで。

考えれば、適切な方法は絶対にあるはずだったのだ。

お金か？　誰かがそんなものを引き換えにするほどお金を節約できたり、楽ができたのか？

私の友達たちを、返してほしい。はじめちゃんに、おばあちゃんの思い出のかげりのないものを返してほしい。私やはじめちゃんの愛することを、お金に換算しないでほしい。

誰もいなくなった淋しい海底で、私は水中眼鏡をしたまま、息を止めたまま、泣きそうになった。

私のかき氷屋なんて、すごくちっぽけで、役にたたなくて……。

でもざばっと上がって、この小さな体がしなやかにしょっぱい水をイルカみたいに切ったとき、真っ青な空と山のまなざしを強く感じたとき「いいや、とにかく続けよう」と静かに澄んだ気持ちで思ったのだ。それしかできることがないから。無駄っぽくてもしよう、って。

そして古代の遺跡が雨に洗われて、やがて花が咲き、木が育ち、道もでき、店もでき、世界中から観光客が来てにぎわって……決して元のようではなくても、またかりそめの繁栄が訪れたりするように……できることなら、一匹の小さい伊勢海老でも、赤ん坊のウニでも、ひとつまみの珊瑚でもいい……またこの海に戻ってきますように。

誰かが神社を大事に思って毎日散歩に行ったり、ちょっと掃除をしたり、ご神木にありがとう、お疲れ様と言いますように。

一軒でもいいから、にぎやかで小さなお店ができて、この町の気だるさに流されずに人を呼んでくれますように。

誰かが、たとえひとりでもいいから、この町を大好きだと思い、そしてその愛のこもった足の裏で道をぺたぺた歩いてくれますように。

この町に来た観光客が、言い知れない懐かしさや温かさを感じて、そして「また来よう」とここを大切に思う気持ちを、住んでいる人たちの糧になるような輝きを、置いていってくれるようになりますように。


はじめちゃんのぬいぐるみは、秋深くなってやっと送られてきた。

私はそれを見て、びっくりした。なんだかすばらしい作品だったからだ。

私の描いた変な精霊が、手のひらに乗るサイズで、上等な生地が適切に使われ重厚でぷりぷりした、命のあるものになってかわいらしくできあがっていた。

それはお守りのようにも見えたし、長老のように畏れ敬うものにも見えた。

「すごくいいと思う、こんなにすごくいいふうになると、思ってもみなかった。」

「大変だった。法事の合間に、生地屋さんに通いつめて、試作品を何十も作って、何日も徹夜した……。」

はじめちゃんは言った。

「でも、そのかいあって、いいのができてきたと思う。まりちゃんの店にも、パンフレットとか見本とか置いてね。」

「あたりまえだよ。これなら、きっと売れるよ。」

「ネットで売るために、いろいろサイトのデザインも考えてるところ。特別なカードのデザインも、文章も。サイトについては、やり方を勉強するために知り合いにいろいろ相談してるの。いろいろ決まったら全部見せるね。」

「いつ頃売りはじめるの？」

「網代に引っ越したら、すぐにしようと思う。」

「なんて名前なの？　はじめちゃんのネット上の店は。」

また来よう

「はじめとまりだから、『hajimari』。」

「なんて、ベタな……。」

「いいじゃん、すごくかわいいじゃない。」

「早く、引っ越しておいでよ。」

「うん！　そして店を手伝いに行くね。」

「冬はひまだから、店でぬいぐるみを作っててもいいよ。」

「いつか、もう少し広いところをふたりで借りられたら、いいね。そうしたら、そこにミシンを置かせてもらおう。」

「古い民家を借りて、事務所にしてもいいよ。私はその軒先で、かき氷屋を続けるから。ほんとうに、私はたとえ結婚しても、かき氷屋は続けるよ。」

「私だって。」

「まあ、全てはこれからだものね。」

「網代にも、ほんとうに来てね。今度は私が案内できるといいけど。」

はじめちゃんは言った。私に出会い、このぬいぐるみの仕事に目覚めてから、はじめちゃんは前を見るようになった。おばあちゃんの家はやはりこわされるようだ。でもそれに対して、ノイローゼになったりして抵抗することはもうやめた、おばあちゃんも喜ばないだろうから、とはじめちゃんは言っていた。おばあちゃんのすごく高いひすいの指輪は、そのまま誰にも言わずにサイズ直しをして、はじめちゃんの指におさまっているらしい。

前は網代に来ることをほんの少し負けたことのように思っていたはじめちゃんは、こっちにも近いし、新しい生活だからと楽しみに思うようになったそうだ。お父さんも定年までは楽しく通勤するつもりらしい。

「うん、肉のかたまりを持って、遊びに行く。」

そう話している私の目の前のオーディオセットのところには、五円玉の金色だるまの横に、はじめちゃんの作ったぬいぐるみがあった。

それは奇妙な目でしっかりこちらを見ていた。ちゃんと骨が入っている、意味のあるものだ。私は自分が長い間描いてきた落書きが生命を持ったことに驚いていた。そんなこと望んでもいなかったし、ただ嬉しくて描いていたものだったからだ。もしも小さい子供がこれに話しかけて育ってくれたら、それは私にとってかき氷屋と同じくらいに地道で深い意味のあることになる。

「数年前まで、あの松林のところにかき氷屋はなかった。そして、このぬいぐるみも、少し前まではこの世になかったもので、私の頭の中だけに生きていた生き物だ。でも、今は、実在している……これは、もしかしたら、すごいことなのかもしれない。」

私は思った。

意図して、誇り高く、地味な努力をして、あれこれ頭を使って工夫をしたら、実現するのだ。

この世に、これまで影も形もなかった何かを出現させて、それを続けることができるのだ。

私たちは人間だから、すごい力を持っているのだ。誰がかき消そうとしても、無理やりに均《なら》されそうになっても、どんなに押さえつけられても絶対になくならない、そういう力を。

時々考える。

秋が深まっていく海は淋しくて、またはじめちゃんがやってくるのを私は待っている。

その淋しさは全然悪い淋しさじゃない。心の底の静かな水を、すうっと清めてくれるようなものだ。そして、その季節があるからこそ、夏の荒々しい力にかき回された全てがまた静かになることができる。あたたかいものやくるんでくれるようなもののよさがぐっとひきたって、自分もまた秋の一部にきれいに混じっていける。

今年の秋の売りはカフェラテとカプチーノだけれど、かき氷が売れる季節こそが私の本領なので、この時期はただ隠居した人のようなゆったりしたいい気持ちで、ひとりで店に座り、松林ごしにこの町の海を眺めている。客はたったの四組だったけれど、いい世間話をしたし、夏も来てくれそうな温泉めあての観光客もいた。そうだ、今日はさんまを焼くってお母さん言っていたな、ビールが切れる頃だから、酒屋に寄っていったほうがいいかどうか電話をしよう、今日はお父さん遅番だっけ？

こうして歩いて、くだらないことを考えながら、この秋の高いすばらしい空の淋しさを、あと何回感じられるのだろうか？　砂浜を歩いていく足の重さや、波音が響いてくる耳の感じや、風にさらされるこのほほの冷たさを、いったいあと何回？

そう、それは数えられる程度の数には違いないのだ。

くり返しやってくる季節を永遠に見ることができるわけではない。少なくとも柳よりも先に、私はこの世から消えていくんだろう。

友達がいても家族がいても、それは変えられない……そう思うと、この世の中の愛するもののあまりの輝きに……柳もかき氷も冷たそうにとがった秋の海も薄く透けた雲も、そして、愛する人たちの顔が浮かんできて……なにもかもが。いつでも私はちょっと泣きそうになる。肉体を持って、ここに存在しているることのあまりの短さを思う。この短さのわりには、好きになりすぎだ。

こんなにも、こんなにも好きになりすぎだ。

田舎の一かき氷屋の、がさつな私だって、涙もろくなることはあるのだ。

あの、南の島の福木の道にも秋は訪れているだろう。あのおばさんは今日もふさふさした愛犬といっしょに、あの道をゆっくり抜けているだろう。彼女の場所、あのいとしい道を。

あのおばさんは、ただ自分に思うところがあってふるさとに帰ってふるさとを愛したり憎んだりしながらお店をやって、福木の道を守りながら地味に暮らしていただけなのに、私の人生までこんなふうに変えた。

そしてはじめちゃんは自分がきつくて仕方ない時期だったのに、私のことを手伝って、私をよく観察して、この町を好きになってくれた。そして、だからこそ自分の今したいことを偶然見つけた。

みんなが自分のまわりの全てに対して、そんなふうに豊かであったなら、きっとこの世の中は……。

星の輝きがつながるように、それは大きな光となって、戦いようのないくらいに巨大で真っ暗なあの闇の中でも光って見えるのだろう。

ちょうどあのとき岬から、はるかに広がる私のふるさとと、愛する湾の姿をずうっと見渡したときみたいに。金の光に包まれた遠い海の輝きを、目を細めて見たみたいに。

まるで実際に見ていることのように、私はそう思った。

愛する湾

あとがき

私は西伊豆の土肥《とい》という町に、もうかれこれ三十五年くらい、通い続けています。

もともと両親が夏に避暑のため連れて行ってくれていたところなので、幼い頃はそのよさがわからず「海へ行くんだ」とだけ思ってはしゃいでいました。

しかし親が年をとり私にも子供ができた今となっては、長く通い続けたこと自体がかけがえのない思い出となって、ずっしりと私の人生に根をはっています。

そしていかに私がその町を愛しているかに気づいたのも、最近のことです。

光のかげんも、緑の山も、のっぺりとした静かな海も、その中の生き物も、道で会う人々や猫も、全てが私にとってもうひとつのふるさとと呼べるものです。

時代の流れは、残念ながらよき変化だけをもたらさなかったようですが、それでも私はこれからもその愛する町に通い続けていくでしょう。

それから……小説の中ではじめちゃんのお父さんが無欲であるというエピソードがありますが、これは現実にとてもよく似たことがあったので、深く感じ入り描きこみました。その人はもう亡くなりましたが、相続した小さな小さな家で最後まで幸せに工芸にうちこんでいました。私に無欲の大切さを教えてくれた田出實さんに感謝します。

そういう気持ちがこの小説の中には全部入っています。

この本は、ブルース・ベイリーさんが「よしもとさんと睦稔《ぼくねん》さんの本を創りたい」と言ってくださったときから、私たちの友情と共に長い時間をかけてやっと実現しました。彼はこよなく自然を愛し、日本を愛しています。私はその心意気に打たれ続けています。この本をそんなすてきなベイリーさんに捧げます。

そして、すばらしい自然や精霊の力を知り尽くした名嘉《なか》睦稔さんの絵は私のこの小さな小説に風格と意味を与えてくれました。共に仕事ができたことを心から嬉しく思っています。ありがとうございました。

原マスミさんは「海のふた」というすばらしいタイトルと彼の創った同名の曲の歌詞を、喜んで貸してくださいました。ありがとうございました。この小説の全てのページに彼の歌が流れています。

ロッキング・オンの佐藤健さんはもう退職されたにもかかわらず、この本を出すために百パーセントの力をつくしてくださいました。ほんとうにありがとう！

そしてデザインの中島英樹さんは、どちらかというと古典的な内容のこの本に新しい時代の力をふきこんでくださいました。ありがとうございます。

この本にかかわった全てのスタッフのみなさんと読者のみなさんに御礼申し上げます。

どうか若い人が希望を失わずに日本の自然を愛していけますように。
そして、私を育ててくれた両親と姉、土肥の海に、感謝をこめて。

よしもとばなな

文庫版あとがき

この本が土肥の書店に平積みになり、土肥ブームが巻き起こり、ドラマ化され、映画化され、原マスミさんの主題歌が大ヒット……！

したりしなかったけど（望んでなかったけど）、土肥の海はきれいでそのままそこにあります。

それがいいのです。

年老いた両親は海を見に来ても泳がなくなり、その代わりに私の子どもが少しずつ毎年水に慣れていく。

この文庫をいっしょに作ってくれた中央公論新社の、同い年の渡辺くんももう十年以上なぜかずっといっしょに土肥の週末を過ごすのだけれど、毎回教訓を得ずに真っ赤に焼けて苦しみ、毎回若い子の巨乳にしっかりと見とれ、帰って行きます。それでもふたりともちょっとずつ大人になってしっかりしてきているし、その分デブになっていってる。その全てが愛おしいです。

初めて土肥に来た秘書の加藤さんが「いいところですね！」と白い歯を見せて笑ったとき、私は自分の土地でもないのにとても誇らしく感じました。

それでいいのです、そういうのがいいのです。

この本を読んで、自分のお店を始めた若い人たちからの言葉はたくさんの力を私にくれました。奄美《あまみ》の福木の道のわきにあるおいしいかき氷のある店、てるぼーずの奥さんが私にくれた言葉もです。静かに地味に、人の言葉は人にちゃんと伝わる、そういうことをこんなにあたたかく心強く感じた小説を書いたのははじめてかもしれないです。

それは睦稔さんの絵もいっぱい力を貸してくれたからでしょう。

「このふたりならだいたいこういうイメージだろう」という安直な本作りを決してしなかった中島さんのデザインもすばらしいです。

ずっと見守ってくれたベイリーさんの言葉も私の宝です。

みんなありがとうございました。

よしもとばなな

刊行に寄せて

B・R・ベイリー

よしもとばななさんも名嘉睦稔さんも、こころの「海」にもぐり、摑み取ったものをとても美しく表現する力をもっています。

おふたりが描かれたものを読んだり見たりすると、深いところからエネルギーがじわじわと沸き起こってくるのです。

何年も前からどうしても、この尊敬する素敵なおふたりをひきあわせたいと思っていましたが、ようやくそれが、この『海のふた』という作品で実現しました。

自然体で堂々としたおふたりのこのコラボレーション作品には、それぞれの世界がよく溶けあうように現れています。

そして最後のページをめくると、自分もその世界に入っていたことに気がつき、一緒に連れていってくれたばななさんと睦稔さんに、感謝の気持ちで一杯になるのです。

（Bruce R. Bailey　日本ロレックス株式会社）

『海のふた』二〇〇四年六月　ロッキング・オン刊

中公文庫

海《うみ》のふた

2006年6月25日　初版発行
2025年3月25日　5刷発行

著　者　よしもとばなな

発行者　安部順一

発行所　中央公論新社
〒100-8152　東京都千代田区大手町1-7-1
電話　販売 03-5299-1730　編集 03-5299-1890
URL https://www.chuko.co.jp/

DTP　ハンズ・ミケ
印　刷　三晃印刷
製　本　小泉製本

©2006 Banana YOSHIMOTO
Published by CHUOKORON-SHINSHA, INC.
Printed in Japan　ISBN978-4-12-204697-9 C1193

定価はカバーに表示してあります。落丁本・乱丁本はお手数ですが小社販売部宛お送り下さい。送料小社負担にてお取り替えいたします。

●本書の無断複製（コピー）は著作権法上での例外を除き禁じられています。また、代行業者等に依頼してスキャンやデジタル化を行うことは、たとえ個人や家庭内の利用を目的とする場合でも著作権法違反です。

中公文庫既刊より

各書目の下段の数字はISBNコードです。978－4－12が省略してあります。

よ-25-1
TUGUMI
吉本ばなな
病弱で生意気な美少女つぐみと海辺の故郷で過した最後の日々。二度とかえらない少女たちの輝かしい季節を描く切なく透明な物語。〈解説〉安原　顯
201883-9

よ-25-2
ハチ公の最後の恋人
吉本ばなな
祖母の予言通りに、インドから来た青年ハチと出会った私は、彼の「最後の恋人」になった……。約束された至高の恋。求め合う魂の邂逅を描く愛の物語。
203207-1

よ-25-3
ハネムーン
吉本ばなな
世界が私たちに恋をした——。別に一緒に暮らさなくても、二人がいる所はどこでも家だ……互いにしか癒せない孤独を抱えて歩き始めた恋人たちの物語。
203676-5

よ-25-5
サウスポイント
よしもとばなな
初恋の少年に送った手紙の一節が、時を超えて私の耳に届いた。〈世界の果て〉で出会ったのは……。ハワイ島を舞台に、奇跡のような恋と魂の輝きを描いた物語。
205462-2

よ-25-6
小さな幸せ46こ
よしもとばなな
最悪の思い出もいつか最高になる。両親の死、家族や友との絆、食や旅の愉しみ。何気ない日常の中に幸せを見つける幸福論的エッセイ集。タムくんの挿絵付き。
206606-9

か-57-1
物語が、始まる
川上弘美
砂場で拾った〈雛型〉との不思議なラブ・ストーリーを描く表題作ほか、奇妙で、ユーモラスで、どこか哀しい四つの幻想譚。芥川賞作家の処女短篇集。
203495-2

か-57-2
神様
川上弘美
四季おりおりに現れる不思議な生き物たちとのふれあいと別れを描く、うららでせつない九つの物語。ドゥ・マゴ文学賞、紫式部文学賞受賞。〈解説〉佐野洋子
203905-6